半山文集

生活无法逃避
但你可以选择

半山 著

民主与建设出版社
·北京·

© 民主与建设出版社，2020

图书在版编目 (CIP) 数据

生活无法逃避，但你可以选择 / 半山著. — 北京：
民主与建设出版社，2020.5

ISBN 978-7-5139-2975-2

Ⅰ.①生… Ⅱ.①半… Ⅲ.①散文集 – 中国 – 当代
Ⅳ.①I267

中国版本图书馆 CIP 数据核字（2020）第042732号

生活无法逃避，但你可以选择
SHENGHUO WUFATAOBI DAN NIKEYI XUANZE

著　　者	半　山	
责任编辑	程　旭	
封面设计	蔡小波	
出版发行	民主与建设出版社有限责任公司	
电　　话	（010）59417747　59419778	
社　　址	北京市海淀区西三环中路 10 号望海楼 E 座 7 层	
邮　　编	100142	
印　　刷	北京彩虹伟业印刷有限公司	
版　　次	2020 年 5 月第 1 版	
印　　次	2020 年 5 月第 1 次印刷	
开　　本	880 毫米 ×1280 毫米　　1/32	
印　　张	8	
字　　数	165千字	
书　　号	ISBN 978-7-5139-2975-2	
定　　价	49.80 元	

注：如有印、装质量问题，请与出版社联系。

　　我是本书的编辑，2017 年春天的时候我第一次读到了半山的文字，那会儿我和许多不知道在忙什么的年轻人一样，瞎忙。我当时觉得写得还好，就关注了他的微博，关注一个人很简单，轻轻一点嘛，我关注了很多人。

　　几个月后，我离开北京去深圳，和互不相识的人同住在青年公寓里。孤独说来就来……我偶尔会刷刷微博，看到半山分享的木心、米兰·昆德拉、亦舒等人的文字，偶尔也会看到他写的自己的感悟，配上一些走心的图片，确实能给心烦意乱的人带来属于哲学的慰藉。

　　看够了深圳那儿的海，第二年的春天我又去了北京，工作顺利，状态很好。那时我再读半山的博文就是另一种心情，可以有耐心去好好品读他话中的深意，而不是焦躁不安地只想快速寻觅到一些鸡汤填充自己空虚寂寞的心灵。他开始只写自己的感悟了，只是，你来或不来他都在那里，以"我手写我心"，不回复疑问，也不做商业广告。

　　我越来越觉得这个博主跟其他一些大 V 不一样了，干净的个人空间，纯粹的文字，不在意得失……如果我有这样一个大号，那我一定不知道自己是谁了。

　　半山是个夜猫子。半夜了，大多数人都睡了，他还在更新微博，仿佛他只是写给自己看的。

　　后来我想，我那么喜欢他的文字，我做了策划编辑，为什么不约他写一本书呢？于是我就跟他发私信，原来他一点都没我想象中的那样高冷，而是一个温和、智慧的人，是一个不在意销量、不迎合读者、只想用心表达的人。相比之下，我心里想着怎么把书做好，多卖俩钱儿。我曾建议他参考时下流行的文风、笔调，被他断然拒绝，他说他只做自己，不学别人的文风，不写别人的文字，不管销量怎么样。我以为他很固执、自大，后来他说自己的文笔还欠缺，需要改、需要提升，担心自己对不起读者，虚心听取我和我的编辑同事提出的意见。我明白，原来那不是自大，他只是在为喜欢自己的读者负责，市场在他眼里，几乎可以忽略掉，而我这个把利益看得太重的人是很容易误解的。最后，作者配合编辑，成了编辑配合作者。

他写得很慢，分不出心来发博文，就把微博交给我代理。我接过来，很激动，也很小心，每天整理他的文章，发布动态。其间有很多平台、个人发私信给他，我时常感到自己多么幸运，能被回复。半山交稿后，我归还了微博，顿时轻松了，像半山那样每天发博文，真的太累了。我借助他的微博比许多人都跟他的心走得更近，他也在观察我，让我和自己的心也走得更近。他不会像一个导师一样去开导这个、那个，也不会随随便便就答应别人的商业合作请求。

我突然明白，这就是一个智者的做法，智者只是点出方向，教人们自己去领悟，而不是一副好为人师的样子。伟大的智者克里希那穆提教人们不要变成另一个人的思想的奴隶，他告诉人们："有依赖，就不会有爱。"所以，我认为半山不想把自己塑造成受众人喜爱、追捧的大V、偶像，也不想有人因为迷信他的文字而迷失自我，那样即使对方取得的进步再大，他也不会很高兴。我没有问过半山，他是不是这样想的，但有一次我给他看克里希那穆提解散世界明星社时的发言，他表现得非常欣慰，就像读到了知己的来信一样。

我现在把他当朋友，不再把自己当成他的粉丝，谢谢半山，他教会我——追求思想上的独立。

半山没找他的有名气的朋友写序言，他需要一个真诚的读者表露真实的想法，这样很好。我有幸先读完了，不论你是否曾是他的粉丝，智者的心声，更需要的是去碰撞，而不是去遵从。是为序，也是读后感。

目 录

第一章 | 不忘初心，从容独行

第二章 | 活在当下，即知去处

第三章 | 研磨孤独，享受自在

目录

第四章｜做回自己，瞬时觉醒

第五章 | 内心安宁，便是归途

| 第一章 |

不忘初心，从容独行

给女儿的一封信

安琪，年前你说准备上山来看我，这些话本来是已经准备好讲给你听的，不过你没来，我又觉得以下这些内容对现阶段的你特别重要，所以才有了这封信。

我特别强调一下，以下这些内容都是老爸精选出来给你这个年龄段的专用的，希望你多读几遍，拿自己已经有过的人生经历，去认真领会。

年轻意味着一个人需要从各种事物中去寻找存在感，追星也好，娱乐至死也好，恋爱也好，各种工作、各种爱好轮番把玩也好，不断地萌生出各种想法也好，半途而废也好，文艺、愤青也好，固执狂妄也好，徘徊迷茫也好……

这些皆是为了品尝存在感给予自己的各种滋味，各种滋味攒够了，才能做到尝百味而知其一味，这一味才是自己的本质，这一味才是自己存在的意义，唯有这一味才值得自己义无反顾。

年轻不过是人生的一段过程，切忌在这个过程之中乱认了归宿，不管是事业的归宿，还是感情的归宿。

我在你这个年纪，经常被你爷爷责备为"半途而废……"，但我鼓励你半途而废，我以为人生最忌讳的就是想从自己不擅长、不喜欢、被迫的事情上拼命去寻找存在感，这样投入产出会严重不成比例，这正是很多年轻人也会活得很累的真相。

当真正做上喜欢和擅长的事情，精力和才华都会不请自来。但是，想要找寻到这些专属于自己的事情，这个过程会相当漫长。虽然说你现在已经做着自己喜欢的事了，但还是不要忘了继续再寻找下去，人一辈子一直寻找的，其实正是一件可以成就自己的事情，不要让眼前的喜欢和一技之长，成为限制你的东西。所以，我支持你所有的放弃，我想你已经注意到了，每次你告诉我你想做什么的时候，我都说"好"，你想放弃的时候，我也一样说"好"。

年轻时不妨使劲折腾，要相信自己的人生终有一悟，你终会找到属于自己的那一味。

现在这个社会，除了自己，没有人可以托付终身。

托付终身是一个非常传统的观念，在物质生活和精神生活都极致丰富的今天，每一个人的生命都拥有了更繁华、更眼花缭乱的填充物，每一个人的自我意识都已经膨胀到人类有史以来的最高境界，过去那种可以为另一个人活着，一定要寻找到另一半的古典情怀，已经成为童话，已经被繁华的事物所替代，"托付终身"无疑会变成人类渐行渐远的一段历史。

我给你讲这个并不是让你排斥爱情，我仍希望你可以去真诚地爱一个人，大胆地去付出真情，去享受爱情的甜蜜，去和一个人携手走过一段段岁月，并在真诚的爱情之中去认识你自己。这一点实在是太重要了，因为人在年轻时并不懂自己，也不知道自己究竟有什么值得别人来爱，因此更不懂得应该去爱上一个怎样的人。爱情在你这个年龄，就是一面最好的镜子，你待别人越真挚，你越能看见更多更真实的自己，也能看见这个世界更多美好的一面。

你现在正处于不知道一个怎样的自己才适合自己的人生阶段，就不要去妄想找到一个所谓的适合自己的人。

你遇见的每一个人都将在接下来的时光里，呈示出是错的人，这正是人生本来的荒谬之处，每个人都是逆风成长的，没有人一生下来就知道什么是对，人生得先认识错，才知道什么是对。

说两个人可以携手共同成长，这仍是种自欺欺人，人的成长只能有一个正确的方向，就是成为自己。正是因为每个人终将成为自己，人生才会有不断的聚散离合。

反过来说，你遇见的每一个人也都是对的人，这正是爱情关系中最平等的一面，可以互相滋养的一面。爱情关系里最重要的是成长，而不是依附，把一段感情关系视为一场自我教育，处理好每一段旅程与人生漫长之旅之间的关系，把这些视为人生必须要经历的成长过程，这才是你最应该去领悟的。

其实人与人之间的任何关系都是如此，关系的意义在于促进自身的成长，每个人只能对在关系之中的自己负责，最终不是为了去定义和评判别人，而是认识自己。我很少听见你抱怨别人，这一点很像我，这特别让我欣慰。

切记，人与人之间任何的依附关系，到最后都会被证明为人与人之间最差的关系。无论是依附于别人的人，还是被人依附的人，答案都相同。

人应该每一件事情都依靠自己，这是一条基本原则，也是一条绝对的原则，自己对自己所有的事情负责，这才是自由的真谛所在。

一个人无法做一个现存的自己，更不能从另一个人那里，去捡一个现存的自己来做。捡来的自己，肯定不是真正的自己，是别人需要的自己，你也不可能按照捡来的标准去改变自己，这会让你彻底成为关系中的弱者，这样的依附关系会让人浪费大量的岁月，一旦失去这个人，你会发现自己不复存在，自己什么都不再是，一切必须得从头来过，你得再拿更多的时间，去偿还没有"做自己"的岁月。

不要把任何人与人之间的关系，变成那种离不开的关系，感情最容易把女性变成关系中的弱者，而一段真正良性的关系，衡量的标准恰恰是离开这种关系独自生活的能力。

如果和一个人在一起既能让你感觉到快乐，又能让你感到自己独处的能力变强了，这样的关系就值得你去珍惜。所以，我更希望你能以"他能否够让我成长"的视角，去甄别一个人。

切忌把自己托付给他人，在现实生活中，并没有任何一个生命，可以完整地去负担另一个拥有灵魂的生命。

人的一生，是不断形成和完善自我定义的一生，正是因为一个人在成长的过程中，可以不断修改对于"我"的定义，人才会有更美好的未来，人生才会这么有趣。那些觉得人生无趣的人，不过是感到"我"就不过如此了，自己给自己盖棺定论。

我希望你能认真去体会上面这段文字，从你对自己的定义之中，去审视一下自己，我希望你以后能够每一年都去更新一下对"我"这个字的定义，要看见自己的新意。

我希望你去认真审视一下自己的习惯。

你若不想平庸，就得首先拥有不平庸的行为习惯，没有习惯支撑的任何想法注定都会破灭。

唯有行动才能形成习惯和改变习惯，一个人是自己长期习惯的果实。短暂的激情不能给人带来任何改变，也不会帮助一个人去承担任何责任，人对自己负责的方式唯有行为习惯，习惯里都没有的好事物，这一辈子也别妄想再拥有；而某种习惯不断带给你的坏处，不做改变，一辈子也别想摆脱。

你任何一个烦恼和痛苦，你若是去寻找它们的源头，都是某一个习惯带给你的。

人生会在漫长的岁月里形成很多习惯，如果说人生真的还有得选择的话，所指的正是每一个成熟起来的人都拥有重新选择自己习惯的自由，这是比任何自由更重要的一种自由。

要为自己准备好一段岁月，要给自己足够的耐心，去清除一些习惯，换上另一些习惯，能够这样做的人，无疑改变了自己的命运。

任何一个习惯的改变，都会带给你性格的改变，因此改变习惯才是人生中最难的事，却是最有意义的事，这正是一个人可以去重新塑造自己的最切实可行的部分。

人一生会有很多想要去做的事情，之所以做不成，就是因为背后没有形成一个行为习惯去支撑；人一辈子会领悟到无数的人生道理，之所以无用，同样是因为没有把道理变成自己习惯中的言行。

人生任何一种成功都是一种习惯性的成功，任何一种失败都是一种习惯性的失败，任何一种现实都是一个人的习惯所表现出来的现实。在习惯面前，努力、坚持、意志这些词汇都是软弱而无能为力的。

必须要牢记，习惯就是个性，个性就是命运，一个人最好和最不好的部分，都在自己的习惯里，选择什么样的习惯，你就选择了怎样的人生。

世上没有需要你去战胜的人，更没有需要你去战胜的事，人生最大的成就，就是战胜自己不好的习惯，做到这点，你已经相当优秀了。

一定要相信，自己可以改变自己。人就分为两类人，一类是主动改变自己的人；另一类是被迫受到环境和社会的挤压，身体越变越小、呼吸越来越困难的人。

我相信我的女儿，一定会成为第一类人。

这封信，我只给你讲了三件事：一是，不断从更多方面增加自己的人生体验；二是，不要在感情生活中依附别人；三是，能反省并改变自己的习惯。

第一件事，我以为你一直做得不错，我只是以文字的方式，帮你再确认总结一下，这样可以让你知其所以然。

第二件事，你这段时间正好有了同样的感悟，我只是帮你再梳理一下这些感悟背后的思维逻辑，让你更加坚信自己，这样的信心会促使你做出相应的行动。

第三件事很难，但必须要立刻行动，不要像老爸这样，现在想改变的全是几十年的老习惯，你都不知道有多难，而你现在才二十一，要把握好现在的机会，哈哈哈。

就这些内容了，应该是废话不多，所以要认真读几遍，若是我在你这个年龄能读到这样一封老爸的来信，我认为可以把我现在的思想，提早十年。

这三件事都是你这个年纪最重要的，遇见什么烦恼皆可以拿出来再读，算是锦囊妙计，哈哈哈……

永远爱你的老爸

2019 年 2 月 16 日

人正走向独来独往的世界

人天生孤独，注定会独自来到这个世界，也会独自离开，最初和最后的独来独往，这是所有人最起码的命运。

所谓"不求同生，但求同死"，不过是种美好的愿望罢了，并且是那种注定会被时光改变的愿望，是连自己到时也不想再去实现的愿望。

到底发生了什么，让人如此多的美好的初衷最终都无法实现呢？

我以为自己是找到了答案的……

这个世界最折磨人的，就是它分别给人准备了两份对立矛盾的礼物，一份是需要人独自前往才能获得，另一份需要与另一个人或是其他更多人一同前往才能获得。

人在成长的过程中，都分别品尝过两种礼物的美好，一个人时拥有一个人才能有的快乐，拥有不受限制、充满着各种可能性的自由，可以专注于自己的兴趣，可以深入自己，获得灵魂深处的愉悦；两个人时，有两个人在一起的幸福，有爱的付出和获得，有亲密关系的慰藉，有感情生活的浓郁，有离别的思念和重逢的浪漫，有家庭的温馨。

因此两种礼物对于一个人都充满了诱惑，但在现实生活中，熊掌和鱼是不可兼得的。

每个人，既想要一个人的生活，又想得到两个人的世界，人既纯粹不了，也彻底不了，一个人生活久了，就盼望两个人的慰藉，在两人世界待得久了，又盼望一个人的自由。

痛苦源于在两人的世界里，"我想一个人待着，别打扰我"这句话在心里重复了千万遍，仍没说出口……

在一个人的世界里，"我想你了，我需要你"这句话在心里面矛盾着、挣扎着，仍没有说出口……

痛苦源于两个人彼此之间的需求，是不可能同步的。我想做爱的时候，未必另一个人也想；我想把头放在你肩膀上的时候，你的肩膀正在忙着；我想一个人独处的时候，你正想找我唠嗑……

痛苦源于当上述这些事情发生的时候，我们要么怀疑对方，要么自我怀疑……多数时候，我们都记住了自己的需求没有得到满足，极少能感受到，自己同样有让别人失望的时候。

我们总是相信人与人是可以沟通的，是讲道理的，是可以互相理解的，是可以灵魂互通的，是可以宽容的，是能心有灵犀的……

于是我们都认为自己遇见了错的人……

"招之即来，挥之即去"是荒谬的，但这恰恰是我们心里最想要、最完美的那个情人。

我们想要一个纯粹的、彻底的个人世界，在有需求的时候，我们又盼望着得到一个纯粹的、彻底的、完美的两人世界。

每个人都想同时拥有这两份最好的礼物。所谓的沟通、道理、理解、宽容、心有灵犀……不过是两份礼物发生冲突时候，各自的话术而已。

人人都感到自己得到了一个充满缺陷的自己，又得到了一个充满缺陷的感情世界。不约而同做过的做法是，我们都把这样的结果归咎于别人。

人生最初的迷宫不是自己设计的，不过自己在成长的过程中参与了这个设计，原来并没有这么难，是自己让它变得难了，要找到出口，先得去梳理自己参与建筑迷宫的那个部分，最后再解除世界本身的那部分。

人们一长大就被告之，男人女人是被上帝一分为二的，人们得去找到那另一半，否则，人是不可能得到幸福的，况且，家长用事实说话，告诉我们这是真的，但父母从来不会告诉我们心里话。

上帝又同时给了男人和女人一人一颗心灵，里面装的是自己的世界，谁也代替不了谁的世界。不过，这些都是以教训的方式让我们感受到的。

没有人活在纯粹的寻找另一半的人生里，也没有人不是一边喜欢着孤独一边又在逃避着孤独。这是我们自己悟出来的。

自我认知能力较差的人，从来不自省，沉沦在感情失落的世界里，渐渐麻木。

品尝过孤独好处的人，渐渐觉醒，在独来独往的路上，一路狂奔，梦里依然有着"招之即来，挥之即去"的感情世界。

随着阅历的增长，人们会逐渐发现，独处时要搞定自己是相对容易的，而想要去控制和改变他人，似乎是自寻烦恼的一件事。并且，我们与别人相处的时候，连管理好自己的行为，管理好自己的情绪波动都很难，我们以双重标准待人，自己可以喜欢很多人，仍希望自己可以被别人排他性喜欢，我们总以为别人是只属于自己的人，总希望自己成为别人全部的世界。

我们更会发现，在独处的世界里，人会越变越好，容易遇见更好的自己；而在各种关系里，人总是越变越差，总是遇上过去的自己。一个人的改变已经很难了，在两个人的世界里，想要共同改变，难度系数的增加是按种乘法而非加法。

世界正在往独来独往的方向上去，独生早就不稀罕了，况且，还有互联网的虚拟的世界，正在推波助澜。

不过，我仍在想，当一个人成长为一个圆满的状态时，是否可以再次接受另一个圆满呢？

世上从来不缺孤独终老的智者。

你现在去理解，一切都还来得及

与大自然在一起久了，每一次我抬起头看这座山和山顶上的云雾，我都觉得大自然里的每分每秒都是极其认真的，每一寸阳光，每一缕清风都不曾被辜负，造物主从没有忽略过对于任何一个细节的雕琢，从不曾怠慢任何一个生命。

这让我想起了过去被自己忽略掉的生活，又特别感激能有现在的机缘被大自然启迪。

大自然最美妙的，就是它的自发性，树木在生长，小溪在流动，鹰翱翔在天空……融入这样的自发性里，就接近了造物主，接受了万物最伟大而神圣的力量，一个人无论有怎样浑浊的生命，也可以逐渐清澈起来，无论有怎样堕落的灵魂，也可以变得纯净起来。

每一个人的日常生活，应该展现出对自己生命的理解和诠释。

大自然里的任何生命，都是富于创造的、敏感细腻的、鲜活的、不断变化和逐渐丰富的。生活若不能展现出生命的这些特质，意味着你的生活背叛并辜负了你的生命。

你把自己的生命理解成什么样子，你的生活状态即是什么样子。

活着，应该去诠释自己对于生命的理解，并践行这些理解，创造性地去发扬这些理解。

我不觉得关于以上这些会有什么争议或是多重的选择，但我以为每一个人对自己的生命，都该拥有自己的理解，甚至是与众不同的理解。

有人理解成一棵树、一朵花、一只蚂蚁、一匹独狼……有人理解成山、大海、江河……或者有人会以货币的价值去标注一个生命的价格。这些都没什么不妥，理解是一种能力，理解力包含了人的创造力和想象力，也包含了一个人的人生智慧。

但是，不管是什么样的理解，它们还是有共同的特质，服从造物主"自然而然"的秩序，遵循生命的轮回，符合每一个生命都终将逝去的事实。

人知道自己是兽，所以努力想做成人；后来又知道了自己是人，根本还不如去做兽。或许，有些人对这两者都一无所知。

人甚至于活完一辈子，也搞不清生活与生命的区别。

人有强大的创造力，看看现在这个世界就知道了，人类创造出了一个极度繁荣丰富、眼花缭乱的物质世界。

人有强大的模仿力，看看现在这个社会就知道了，生活的同质化让人们都向着一个目的地拥去，互相踩踏。极度的丰富里包含着极度的匮乏。

极少数人在创造，多数人一生只有模仿。

当世界充满垃圾的时候，人处理垃圾的能力，就成为一种关乎其生命质量的重要能力。

很特殊的生活经历。

很特别的生活经历。

特别有趣的生活经历。

特别美好的生活经历。

这几种"特别"会不会吸引到你？

它们的反面是些什么？

活在这些反面的生活经历里，意味着什么？

回答以上这些问题，也许可以启发一下对于生命与生活的思考……

改变想法，意味着重新睁开眼睛观看自己周围曾经熟视无睹的、已经厌倦的一切，这本身就是种重生。

旅行不会带给人重生，旅行带来的只是环境变化所产生的新意，通过由外向内的刺激带给人愉悦。

唯有内在的改变，可以带来由内向外的愉悦。

我总以为，改变对于生命的理解，如果这样的理解是到位的，肯定会给人的生活带来全新的东西，并且一定是快乐的东西。

最后，人对自身及生命的看法，决定着一个人将怎样去过完自己的一生。

人对自身及生命的看法，我认为这就是人的性格，说得再透彻一些，性格就是人拿对自身生命的看法，去对待自己，对待别人，对待这个世界。

说得更彻底一点，人的一生就是逐渐对自身生命发展至更加完整的看法的一生。

圣人和智者，就是对自己的生命，形成了超乎常人的、更高级、更智慧和更神圣的理解和看法。

你现在去理解，一切都还来得及……

我的完整与破碎

一粒种子，被风或是流水带到某一个地方，钻进泥土，在攒够力量之后开始生根、发芽、成长、历经四季、枝繁叶茂、开花结果，直到死亡的降临。

种子的一生有各种的美好。

在风中飘荡，充满未知的美好；与泥土拥抱，在温暖中等待机缘的美好；坚强的嫩芽，破土而出的美好；四季荣枯，顺应自然的美好；繁花之后，果实累累的美好；死去，轮回的美好……

种子的一生是完整的一生，人生却无法感受到这样的完整。

人生从童年、少年、青年、中年、壮年、一直活到老年，这本是完整的一生，为何又让人感到支离破碎呢？

也许是因为，我们身边确实没有任何一件可以完整陪伴我们人生的事物，故乡已经变了或是已经没了，还哪里来的老房子、老家呢？身边的人们来来去去，先来的已经走了，后来的正在准备着离开……

也许还因为，我们自己也无法经历完整的事物，没有一个地方，可以一直待着；没有一件事情，可以一直做着；没有一个人，一直还爱着；喜欢的，无法一直喜欢，厌恶的，也无法彻底地远离……

光阴总是被剪辑，城市一个紧邻着另一个，风景新了又旧，旧了又新。

好想只拿一个故事，就可以串起自己的一生；好想自始至终，只拥有过一种美好，一段完整且彻底的回忆。

人活着，美好始终不能在当下鲜艳欲滴，再多的美好不过是一些碎片化的记忆，于是，美皆成为破碎。

人生也就跟随着已经破碎的美好，一起破碎了。

人们喜欢执着于曾经的美好不放，沉湎于支离破碎的往事，又总是以为会有更美好的事物，等在人生的前方，于是，又沉湎于不着边际的幻想。

可惜，比过去更美好的事物，似乎从来也没有来过，人生变得越来越无趣，已经碎掉的人生，变得更加虚无。

我们真的等不到更加美好的东西了吗？

我也许快老去了，睿智而深沉，智慧而馥郁，年轻时不识得的美好，现在识得了；年轻时不识得的破碎，现在也识得了；年轻时不懂得的完整，现在竟然懂了。

人生的所有经历，心中的每一个"为什么"应该就是碎片吧，如果全都变成了"是什么"大概就是完整吧。

把诸多的"是什么"拼凑成"我是什么"就是圆满吧。

圆满才是人生最美的美好吧。

我还不能确定，我还需要去发现……

生命从旺盛到衰败，馈赠给人生不同的阶段，每个阶段都应该有它专属的美好吧。

让我来捡拾一些自己记忆中的碎片，它们化成了好多东西，拥有好多的代表……

比如：罗大佑的《童年》。

"池塘边的榕树上，知了在声声叫着夏天。操场边的秋千上，只有蝴蝶停在上面。黑板上老师的粉笔还在拼命叽叽喳喳写个不停，等待着下课，等待着放学，等待游戏的童年……"

比如：迈克尔·杰克逊的撕裂与奔放，猫王的喇叭裤，偷看过的《花花公子》的女郎，海子的"面朝大海，春暖花开"，黑豹乐队的"DON'T BREAK MY HEART"，张学友的《她来听我的演唱会》，三毛的"不要问我从哪里来，我的故乡在远方"……

还有蒙娜丽莎的微笑……

还有尼采和克里希那穆提……

还有现在的《半山文集》……

我确定人生的完美是拼凑起来的，从过去各种美好的碎片中去拼接，只是你得小心翼翼地呵护所有的碎片，并懂得以爱去打磨各种伤痕，最重要的是还要耐得住残缺感和破碎感，不要急于求成。

人要从童年、少年、青年、中年、壮年一直活到老年，体验每一段不同的生命旅程，要让每段生命都充满着美好的惊喜。最要紧的是，不要等到临死前才原谅自己，才原谅别人。

我还是相信有更美好的事物在等着我，我相信人类是悲剧的，但一个人的生命，可以是美好的，甚至是伟大的。

人生，唯有美才是意义所在，唯有美才是完整的。

戏说我们的人生意义

本质上，人在像动物一样吃饱、穿暖和之后，唯一与动物不同的，就是需要拿万般的感觉将自己的内心充满，否则就会感到人生真的很无趣。

人活在感觉里，这是不争的事实。唯有"有感觉"才让人感到自己活着，才让人感受到自己的存在。

爱情、友谊、家人、做事业、艺术、旅行、娱乐，所有的一切，都是在寻求感觉上的充盈。只要自己的感觉是丰盛的，人生就是丰满的，有意义的。

如果非得说人生有什么错误和失败的话，当数感觉上的贫乏。内心有厌倦感，或是麻木，才是人生最大的敌人。

如果说某种思想或是某个真理，若不能帮助人生获得更加丰富的感觉，就是伪思想，伪真理。

感觉即是意义，感觉是否丰富足以评判人类所有的追逐。

旧的事物让人没感觉，人们才追求新的事物。

爱着爱着就没感觉了，人们才追求新欢，因为爱情给予人的感觉实在是太美妙了，太强烈了，太刺激了，太有意思了……

思想者，因为思考，带给自己丰富的感觉，带给他美好的存在感，自己觉得好有意义。

任何感觉都是虚幻的，不能说你的感觉是真实的，我的感觉是虚幻的；你的感觉高雅，我的感觉下流……这些都不能拿来评价感觉。人类离真相十万八千里，只有更多，不可能更少。

举一个例子，如果像《阿凡达》这样的电影大片，每天都有，每天都可以看到，看也不用花钱，除去吃饭睡眠之外，一个人可以每天都沉浸在电影所给予的虚幻又美好的世界里，身体又承受得了，仍不失为一种美好人生。

你敢说这不是意义？

可惜，现实中，《阿凡达》并不常有，人间才有更多、更好的方式方法，带给人们丰富的感觉。

物质的丰富带给人们新感觉，艺术带给人们感觉，旅行带给人们感觉，毒品也带给人们感觉……

所以，不要评判感觉，需要评判的，只是带来感觉的方式，是所运用的方式，是否健康，是否持久，是否可以不断地更新，是否可以不让人厌倦，是否给人以丰富感，关键是：投入和产出是否成比例，是否给人以这一辈子赚翻了的感觉。

正是如此，一些思想才可以胜出，艺术才可以胜出，精神生活丰富的人才由此胜出。人一旦拥有了某种思想，便可以以最小的投入，产出最美妙丰富的感觉，获得人生不断升华的、比别人活得更高级的感觉，得到长时间的喜悦，从而摆脱痛苦。

与这个方法相反的，必然是以物质方式去追逐的感觉。

在这个领域，如狼似虎的人太多，要从这个领域获得丰富的感觉，意味着苦难和艰辛，特别重要的是，物质带给人的美好感觉，往往都很短暂，容易厌倦，需要持续不断地更新。于是，人在这种方式上的迫逐，行走得更加艰难。

你花费了几十年，辛苦买下一幢房子，为此获得满心的欢喜。而追求精神生活的智者，一天坐在地上喝茶，就能获得十倍于你的喜悦和欢欣，你说你艰难不艰难。

上帝给人类开了一个最大的玩笑，设置了这样一种灵魂游戏，真谈不上什么精神生活就高尚，物质生活就鄙俗，不过都是感觉而已，不过都是获得感觉的方式方法而已，比的不过是谁以最小的代价，获得人生最丰富的感觉和最强烈的活着真好的存在感。

人生第一次觉醒，就是发现人生不过是感觉而已，一切皆是虚无，这样的觉悟是无比正确的。

人生的第二次觉悟，是发现"感觉即是人生的意义"。

人生的透彻大悟和觉醒，就是懂得了以最小的人生代价，获得最丰富的感觉。

曰："宁静里包含着极致的丰富。"

这么说，人生意义不过是在追求感觉的路上，要懂得怎样才可以"偷鸡摸狗"……

最奇怪的是，这些"偷鸡摸狗"的方法，正是人类最宝贵的财富，穿越时空得以传承下去。

自己又读了一遍，抖机灵，哈哈哈哈哈，笑死我了。

结束和开始

记得自己年轻的时候，喜欢那些有仪式感的事情，特别是那种想与过去划清一个界限，好让自己重新开始的事情。

我很多次在新年和除夕之夜的零点，避开所有的热闹，让自己独处那么几分钟，祈祷好多的事情，多是以"重新开始"为主题。

在那种特定的时间，特定的环境，特定的心情之下，把自己脱离开来，做自己以为很重要的事情，结束和开始，天真、纯粹、无比的虔诚，希望能够遇见一个新的自己。

虽然说没什么效果，但也这样做了好多年，有好多的结束都没有真正结束过，好多的开始也从来没有真正开始过。

似乎那时候的日子要过得慢些，那时候的自己也要活得敏感细腻些，痛苦和快乐也要多一些。后来就不再追求这样的仪式感，也不再做这样的祈祷。于是，日子就开始哗哗哗地翻过，从一年一年地翻，到十年十年地翻，某一天突然发现，结束的仍没有结束，开始的仍没有开始。

既然说个性即是命运，应该是指个性总能把人生中所有遇见的，不同的人和不同的事，都往一个方向去牵引。遇见的总是重复的结局，曾经以为已经结束的事情，换上一种形式，仍然在不断地开始，而开始的事情，似乎总在以同样的方式呈现出某种结局。

创了无数次业，开了无数个公司，最后都是一个结局，失败的原因还永远是同一个。

爱过无数的人，至今仍然是一个人，失败的原因永远是同样的。

似乎现在的自己，与那时候的自己，除去年龄之外并没有什么区别。

在生命的终点到来之前，似乎没有什么可以结束，也没有什么真正的新意，可以重新开始。

开始，是结束了很多可能性的开始；结束，是开启了更多可能性的结束。可惜，一个人所拥有的可能性，又被限制在这个人的个性以内，既然是命运，新与旧似乎都失去了意义，人生无端地就生出了荒废无聊之感。

这样的答案，足以让人绝望或是去死。

人生的破碎感和无力感，大概就是被这种无穷无尽的开始和结束所撕裂和粉碎。

每一个人都拥有同一个希冀：遇见点儿不一样的，哪怕只是一点点儿也行。

一模一样的结局，像某种尸骸，已经堆积如山，自己也感到臭气熏天。

这阵子重读小说《飘》，似乎每一个字都可以读出新意来，感觉与过去读时相比，根本就不是同一个人在读这本书，感叹自己的变化，感恩这样的阅读享受，感谢时光原来可以赠予一个人如此美妙的礼物……

重读一本书像是在重读自己，经典文学作品穿越时空，现在的自己有几斤几两，这么一读也就称出了轻重来，而重读一本经典书籍的妙处，在于把岁月带给自己的成长和变化，以阅读的方式给出有滋有味的自我品鉴来。

没有想到现在的自己竟然也是可以品的，无端地生出成功人士的感觉来。

这样的自我品鉴又让我换了一种角度，领受了开始和结束的意义：人真的不能两次踏进同一条河流。

生命短暂，真正值得去追求的，还是那些看起来可以战胜时光的东西，而成长是唯一战胜了时光的东西。

生命从童真开始，以真真假假为过程，以返璞归真为结束。成长，才是一个人能感受到的最真实、最无法自欺欺人、最有价值的东西。

成功与失败都同样给予人成长的意义，感受到成长，才能让这个世界更新，而更新自己活着的感受，才是生命唯一的意义。

反省，是把过去时光里还存留着的光点连成一条线，再在这些脉络上来回多走上几遍，看看昔日那些风景彼此之间内在的联系，以此来更新自己的心智，知道今天的一切究竟是从哪里来的，明天想要的一切该从哪里去取。

过去的自己，所有的开始和结束都没有清晰的脉络，来来回回走过无数次，看不见它们与自己性格之间的联系，所有的成长都是被动在成长，个性让自己遇见重复的结束与开始，这一点都不稀奇。

反省，是把真正的自己挑拣出来，"真的"才是新的，新的里面才有愉悦。想要遇见点儿不一样的东西，先得遇上点儿不一样的自己，成长原来就是知道在哪里，才能遇见不一样的自己。

一切都将结束，一切都将重新开始。

物质背叛了人，还是人背叛了生活？

在一个物质生活极度丰富的世界，人的身外之物变得更多了，单个物品带给人的体验和感受就少了，单个物品带给人们的满足感和幸福感就轻了，再加上持续不断、越来越快地更新替代，人们与物的缘分，越来越短、轻、浅，有些事物，还没有到手，就已经旧了。

人们把注意力集中在时尚、潮流、新鲜之上，花更多的时间和精力在商场、超市、网店上，寻找新的、身边的小伙伴没有的东西。旧的实在是太多了，新的更是层出不穷，人们以为自己的生活品质越来越高了，对于生活的体验却越来越寡淡乏味了。人们以物质的多样性来充实着自己的生活，外在上不断地求多求新，以为物质的多样性可以带来生活的多样性，也可以带来幸福体验的多样性，可事与愿违，人们内心正在逐渐失去多样性，变得更加的空虚和贫乏，生活的存在，似乎正在失去意义。

人类或许受不起这样的繁华……

经济拮据或是宽裕并不是影响人们生活幸福与否的直接原因，再怎么宽裕的生活带来的也只是边际需求的满足，衣服款式多一点，车子大一点，房子宽一点，菜品多一点，旅行的目的地远一点……事实上，每一种增加"一点"只能带来短暂的欢愉，越来越多短暂的欢愉让人麻木，人类生起一堆堆物质繁华丰富的火，把自己放在火上烧烤，直到烤煳为止。

繁华似乎让一切事物都变得没那么美好了，这件衣服质地不错，那个款式要好些，而另一个颜色更美妙一些……繁华和丰富荒谬地给人们呈现一个充满缺陷的世界，能够让人们真正满意的事物似乎从来都没有出现过，即使是物质生活条件已经很优渥的人家，也不过是感觉自己将就活着罢了。不然，他们还那么拼命地掠夺干吗？

人与人之间的关系也是如此，繁华把人们聚集起来，网络让社交变得疯狂，这一个漂亮一些，那一个有钱一些，这一个气质好些，那一个性格不错……每个人都充满了缺陷，没有一个人可以让自己满足。

过去，一件物品、一个人就能带给人们的丰富感受和体验，现在一百件物品和一百个人也给予不了。

世界更丰富了，却四处充满了缺憾，究竟是物质背叛了人，还是人背叛了生活？

我们的下一代，一出生就生长在繁华里，长大在繁华越织越密的网络里，他们不再会见到朴素，也无法再体验到朴素的生活，等到他们如我们一样老去的时候，想要返璞归真，恐怕已经无璞可返，无真可归。

一代复一代，那种生命中纯粹的、赤裸裸的快乐，一定会离人类越来越遥远。

谁带孩子们去感受纯朴呢，哪儿还有纯朴呢，谁带孩子们去感受大自然自然而然的美好生命呢？

心与世界，哪一个更需要丰富？

小的时候，总是觉得街道好宽，上学的路好远，城市好大，白天和夜晚都好长，到处都是新奇的事物，墙角的一队蚂蚁也可以蹲下来看半天。

长大以后，不管去往哪一个城市，都不再有大和新的感觉，不知道是自己眼光变了，还是看不见了；不知道这是一种长大，还是一种失去。

长大以后就喜欢对遇见的事物，以及自己的言行迅速做出判断，拿得到的观点和答案替换掉事物本身，又很不擅长进行二次或是多次的判断，也不愿修改答案，即使是错的，也任其错下去。

后来遇见类似的事物，直接拿观点和答案来代替思考，并形成思维的惯性和习惯。

其实，好多的新事物，或是已经更新的自己，后来都与我们自己没有关系了。

这是否是我们渐渐远离自己的原因？我们离开自己究竟可以有多远呢？

造物主在天上，用阳光说话，用云朵微笑，用雨、用风、用闪电歌唱。

所有的生命都在地上仰望，拿生与死回应。

"看山是山，看水是水；看山不是山，看水不是水"是一个轮回，千万别以为回到"看山还是山"就到尽头了，循环往复，每次轮回都在升华。

这就参透成长了？这么简单？

成年人与世界之间，总是隔着一层观点或是解释，我们并不能直接感受世界，只好活在观点和解释里面，失去对绝大多数事物的感觉。

世界的丰富给予了人们内心丰富的可能，但世上真正内心丰富的人，却少得可怜。

究竟是先有鸡，然后生了蛋，还是先有蛋呢？为什么人类总是想要总结这个世界呢？

我们的感觉需要被开垦，五官的视觉、听觉、嗅觉、味觉和触觉需要保持灵敏，以保障我们对所有的刺激做出反馈。

可人类的知识真是丰富，将这些刺激以概念化的方式教给我们，取代亲身经历和体验。当感觉扑面而来的时候，真相其实是各种概念向我们扑来，我们只能去印证概念，而非真正地去体验感觉。我们一直被概念所吸引，而非被各种美妙的感觉所吸引。感觉是内心的一团温热，可是我们经常都感觉到冷。

感觉更新了，概念却无法更新，为了让自己的人生感到丰富，我们不断地创造概念，创新所谓内涵更丰富的事物，功能更强大的事物，外观更炫更酷的事物。

人类必须要让自己眼花缭乱，不然世界就会过于贫乏。

是我们的欲望更强烈了，还是欲望的对象过于丰富了？得不到满足的欲望让我们痛苦了，痛苦把心灵拓宽了，欲望的对象让心灵更丰富了？

我们无法分辨，是内心的丰富带给事物丰富的内涵，还是丰富的事物带给我们丰富的感觉和丰盛的内心世界。

似乎判断是阻断思考和发现美好的原凶，判断做出得越早，离美好和真相就越远。判断一刀斩断了所有的细节。与判断相比，智慧往往会显得笨拙，给自己留够时间和空间，以更丰富的感觉和过程让自己快乐，却不急于得到答案。

这么说智慧就是对的了，智慧就是真相了？

总是有人看到一棵小草，不过就是草，总是有人能从一棵小草看见大自然，看见生命更丰富的内涵。

人的心灵实在太大了，我们不知道宇宙有多大，就不知道心有多大。也许生命的意义，就是该去知道宇宙有多大，从而知道自己的心有多大。

这又显得浮躁了……

给"浮躁"画个像：做表面的理解，做表层的思考，做对错的评价，做得失的判断，变幻莫测的情绪，不等待，起不来睡不着，无热闹不欢。

看起来人在年轻时，对事物不做理解，只做判断，意味着只能在主流中寻找存在感。人到中年后，对事物先理解，发现根本用不着做判断，只能在挣脱主流中找到真实的存在。

一切都是必需的，这是命运吗？

心与世界，哪一个更需要丰富呢？

那些迷失的自己，你找回来了吗？

"迷失了自己"这种说辞，代表的是对一段日子不太满意的自我否定，也算是人自我开始反省的一种注释。

但是，自我反省一旦得出"迷失了自己"这种答案又戛然而止，只能表明反省只走到整个过程的一半，另一半仍然藏在云雾里，自己有意或是无意地逃避了，因此，"迷失了自己"之说在大多数情况下，仍是人为了逃避面对自我而找到的自欺欺人的理由。人其实挺容易承认自己迷失的，但却很难去深究为什么会迷失，怎样才能不再迷失，所以往往在同一个错误里循环往复，又再度迷失。

所谓的"迷失了自己"不过是指在一段较长的时间里，一个人不去思考关于"我"的问题，并且感受不到"我"的存在，不知道自己是在往哪里走，也不知道自己身在何处。

迷失的本质是被什么东西在推着走或是被牵着走，反正就不是自己在走，看不见自己走在路上，也看不见路，甚至看不到自己留下的脚印和迈出的步伐。

"迷失了自己"的状况大概可以分为两类：一种是对生活的麻木，从而形成的习惯上的、带有惯性的迷失；另一种是因为某种激情而带来的忘我的、投入性迷失。

每个人回首往事的时候，也许都有过这样的感觉：某一段较长日子，无端端的就被抹去了，没有什么刻度和记忆，在自己的生命里似乎就没有存在过。这算是前一种在麻木之中的惯性迷失。

而一个人说自己在某段感情里"迷失了自己"或是说在某项工作中"迷失了自己"，这算是另一类，是因为太投入某一件事情，并疯狂追逐某种结果才带来了迷失。这种"迷失"与"投入"其实是同义词，你真的投入了，投入得太深沉以至于感觉不到自己的存在，太投入以至于只是埋头苦干而根本不抬头看路和看天。

在麻木中的迷失，更像是时间和记忆的抹去；在激情中的迷失，往往会雕刻了较难忘的记忆，会在以后的生命中被反复回忆。

以上的这两类迷失似乎每个人都历经过，又是人生一辈子很真实的一种状态，是在某种环境里、某种状态下一个人生活自然而然的表达，每个人似乎都要历经这些迷失掉自己的阶段。

而这种"迷失了自己"的自我觉醒，往往是以某种人生重大事件或是某种重要的东西失去之后，被突然惊醒的，然后呆立在那儿，在巨大的痛苦之中开始追问："我在干什么？我在哪儿？我该怎么办？……"然后往往得出一个结论："我迷失了自己！"

这种结论其实是人一生之中的契机，痛苦往往是悟的契机，痛苦比快乐更让人自觉，如果能将这种自觉引向觉悟，便可以以此改变人生。

我曾经有过一次在大山里，在能见度不足 5 米的大雾中开车的经历。大半夜的，车灯只照见一片茫茫，什么都看不见，内心充满了恐惧，但是我知道自己的位置，清楚自己的目的地，明白自己不过是在穿越暂时的迷茫，前半程的感觉有点惊心动魄，但在后半程竟然很享受这种充满刺激的旅途……

这么看来，好像是人知道自己当下身在何处，又有了清晰的目的地，就不太容易迷失，现实生活的事实也可以给出这样的结论，但这仍然值得推敲，因为人一旦有了目的地，就有了抵达目的地的时候，如果到时不出现新的目的地，人又容易陷入迷失的状态，如果一个人在某一个目的地待得太久而不前行，仍然容易再次陷入不知道自己身在何处的境地。

目标并不能解决迷失的问题，况且，有目标往往都以抵达目标后的结束作为代价。反之，没有目的地，就不会有结束。

没有目标容易迷失，有了目标，似乎还是会迷失，像是无解了。

我也曾说过"当时迷失了自己"这样的话，并且还在同一类事物上迷失过多次。不过，现在我相信自己不会再迷失了。

现在的我其实没有任何的目的地，但却十分坚定地确定了一些方向，比如：认识自己，找到喜欢的自己，成就喜欢的自己，做快乐的自己……这些都是方向，并且可以说也不求有什么现实意义的回报，因此也没有任何可以抵达的目标，你只能往这个方向去走，往没有尽头的尽头里走。

认识自己不仅仅是为了成为自己，人每时每刻都是自己，认识自己是为了成为想要成就的自己，而想要成就自己的路是没有尽头的。

成为想要的自己仍然是一种方向，因为始终有一个更想要的自己，有一个更好的自己在远方。

一个人一生可以无数次地绽放，不断地绽放自己也只能是一种方向，不是阶段性的目的地，更不是人生的终点。

看起来，人生只能拥有方向，而无法拥有目的，方向即目的，方向即是意义。

有了坚定的方向，人是不可能迷失自己的。

要小心被观念抹杀掉人生

人们在成长的过程中，多数决定自己行为的观念，都是从外面学来的，甚至是被环境强加的。人们本应该根据自己的感觉去和世界相处，去和他人相处，去和自己相处，但在现实生活中，人们却是拿各种观念去和这个世界相处。

大脑里拥有各种各样的概念、观念、思想，造就了人们从感觉直接到观念，观念引发判断，判断引起行动的行为模式，任由各种观念主宰着人们的生活。

感觉的世界，本是一个极其丰富的世界，可以说这个世界有多丰富，人们的感受就应该有多丰富。

所谓丰富的人生，毫无疑问，指的是感觉丰富的人生。

但是，观念阻断了这种丰富，当人产生某种感觉的时候，大脑存贮的观念立刻就产生应对。感觉还没有深入，还没有得到应有的延展，大脑中的结果已经显现，人们看见的、听见的、触碰到的，往往瞬间就变成了词汇，看见一株植物，大脑中瞬间就变成了"树"这个词，这个词会阻断眼睛继续看下去，去看清楚这是怎样的一棵树，去看见树的枝、干、叶、树皮、果实……若是这棵树开着花，大脑里出现的词汇完全有可能只是花，而不是一棵什么树开出了怎样的花。

词汇让人们无法看见完整的事物，观念让人们无法深入自己的生命，大脑中的各种瞬间成形的套路，让人们根本无法体验到生命的细节和完整，人们的偏见由此而来，肤浅也由此而来，单调、无聊且乏味的人生，皆出此而来。

人无法深入自己的感觉，就无法深入自己，也无法真实地认识自己，更别提可以深入自己的生活。

人们只是看见事物的一个面，立刻就被某个词汇所牵制了，这个词在大脑中预先存储的内涵外延，替代了人们对这个事物当下的认知，人们总是这样去看世界，当然也就只能这样看待自己，观念让这个世界陈旧不堪，"自己"不过是一个既定的词汇，一个概念罢了，我们又如何能遇见所谓的"全新的自己"呢？

世界正在越变越快，为了跟上节奏，感觉似乎变得越来越不重要，人们忽视一切感觉，不惜直接在观念上进行思考，从一个观念抵达另一个观念，观念越变越快，越来越新，不过都不是自己原生的观念，是大家前呼后拥，携手奔向一个地方去的观念，从而导致所有人都在做同样的事情，过同样的人生，互相踩踏，互相推挤而引发焦虑，即所谓假装在生活，让真正的生活成了世上最罕见的事情。

现在人们在乎的，只是自己在挣钱的观念上是否做到了日新月异，所导致的行为也只表现在挣钱的方式方法上是否走在了前沿，连关注的资讯，以及所谓的学习和提升，也只与怎样才能挣到更多钱相关，似乎人类从来没有像今天这样热衷于学习（挣钱），历史上也从来没有像今天这般，拥有如此之多的聪明人。

但是，对于人生，对于生活，对于认识自己，人们从未更新过任何观念。人们最缺乏的，是对自己生命的知觉，没有感觉何来的感受，没有感受何来的领悟，没有领悟哪来的更新。生活条件确实变好了，但正在过生活的人却是旧的，生活条件的变化并没有带给人新鲜的感受，生活的美好，正是这样子不见的。

事实上现在的人们，越学习越是焦虑，越聪明越是焦虑，越有钱越是焦虑，却从不去梳理自己的感受，从生命的源头上去学习和改变自己。

人们在童年时，都曾经拥有过玩什么都可以彻底、玩什么都可以尽兴的快乐体验，拥有过各种各样惊喜的体验，拥有过各种各样的好奇心和新鲜感。一旦变成成年人，人们发现自己做什么都无法彻底，玩什么都不尽兴，好奇心没了，新鲜感也没了，有惊却无喜。其深层次的原因，仍然是被概念、观念以及所谓的思想，偷走了我们对生命的体验，抹杀了体验带来的感受和人生快乐。

　　人们最初的人生观念都是舶来品，人们拥有的人生观念常常是通用型的，唯有这样，人才可以融入社会。然而，融入社会不是让一个人消失在人群里，每个人都是独一无二的，一个人对于生命的感觉，以及世界给自己的感受，与别人往往大相径庭。独特的感受与通常的观念之间不停地冲突，人必须要随着年龄的增长不断修正自己的观念，甚至颠覆掉过去的观念，从而找回自己原生的观念，这才完成了人们常说的"找到自己"，重新把自己与他人区分开来，唯有这样的人，才能开始真正地做自己。

　　这个世界及古代的智者，一直在提倡人们进行所谓的独立思考。这个对于当代人似乎太高级了，什么叫独立思考呢？人们的思考建立在观念之上，观念本来应该源于人们自己对生命的体验，体验应该源于自己的感受，说独立思考不如先说独立的感受、独特的感觉和自己的领悟。没有以这些为基础，人生的观念不过是别人的，还拿什么来进行独立思考，没有独立思考，又拿什么来做自己。

　　人生充满了各种各样熟透了的套路，这些套路已经被重复了几千年，其实都已经被上千亿的人用烂了，已经有臭味了，想想这真的是悲剧。唯一能变成喜剧的，只剩下拿自己独一无二的人生，去获得因为做自己，而带来的独一无二的感觉。

　　人们也许并不知道，人生还有完全凭直觉而无观念的生活模式。智者们所说的"无我"的境界，或是去掉"我执"，无不是针对人们被各种观念、概念所充斥的大脑，以及痛苦、疲惫和厌倦的灵魂，摆脱这样的自我，重新打开自己灵性的知觉，重新认识自己和这个世界。人生，由内而外地去更新才是王道。

我能这样说，是因为我已经做到了。

让我们回到源头吧，人与人之间最大的不同，不在于外表，不在于思想，而在于独特的感觉。

零下一度，我在瑟瑟发抖，你说：还好；我说那是粉色，你说那个是红色；我流着泪说"好美"，你无动于衷。

我就是我。一旦失去了独特的感觉，我未必是我，你未必是你。

去经历，去犯错

人的内在的力量，是慢慢长成的，由弱到强。

这种内在的力量，其实指的是一种相信，就是一个人把自己内心的信念，从很多事情之上，渐渐地放在少数事情之上，最后毫不动摇地放在某一件事情之上，变成一种坚定的信念。

这样的人，内在的力量才是强大的，而所谓的强弱更像是从分散到汇聚，最后专注的过程，是从量的积累到质的飞跃，是经由人生的诸多经历，逐步完成的。

没有什么人可以经历一件事情，内心就强大了，这样的事情在现实生活中，根本不会发生在自己身上。

年纪轻轻的，少夸自己内心强大，也少追求所谓的独立，多数时候，你必须到父母或是别人的屋檐下，去遮风避雨。并且，等到你抵达了某一个年龄阶段，真正强大起来的时候，你还是会偶尔怀念起：年轻时可以被轻松释放出来的脆弱。

30岁的人给20岁的人说"你要内心强大"；40岁的人给30岁的人说"你需要成熟"；50岁的人给20岁的人讲"你要智慧"……妈呀，一下子抹掉十年二十年的时光，他们从不说自己在你这个年龄，到底是个什么熊样子……人人拿出来给别人讲的道理，都叫"事后正确"的道理，在当时，他们自己也不曾真正明白。

"内心强大"无比正确，"人要成熟"也无比正确，智慧也确实是种好东西……人们喜欢结果，一些人拿别人的结果去杜撰自己的过程，不碰一鼻子灰才怪。

人都在人群之中长大，累积了太多错误的认知，人只能靠自己真实的经历，去辟自己的"谣"。

年轻的时候，人总是会向外寻求，寻找被爱，寻找别人的赞美和认同，寻找大家都认可的成功，然后求而不得，伤痕累累。这时候，人会反过来去学习向内寻求，找自己、爱自己、温暖自己和依靠自己。

人不亲身经历前一个阶段，根本就不可能有后面的这个阶段，道理、书本、演讲、别人的故事……没有什么可以替代亲身经历这四个"鲜血淋淋"的字。

听到一个道理，听明白一个道理，理解了一个道理……这些都是在做别人道理的儿子和孙子，唯有从自身经历中悟出来的道理，才是道理的父亲。

我认为，从古至今，少年得志一直是一个贬义词。

让 20 几岁的人经常去思考和反省，这是做不到，也是做不好的。反省就需要评价自己，而评价就需要标准，20 几岁的人生标杆只能是 20 几岁人的是非对错标准，如果拿 40 岁的人生认知去套用，根本就没有用，年轻人也不可能认同。

我经常从女儿嘴里听到这样一句话："我已经比同龄人做得好多了……"

当我认真拿自己成长的经历去体会这句话，深感其无比正确。

我女儿正在成长期，在深圳一个人生活，交男朋友，做自己的文身工作室，卖自己的手工和设计，过去我也爱给她讲人生道理，现在不讲道理了，讲得多的是"去犯错，去经历，注意安全，别做不可逆转的事情"，其他的，就不讲了。

我写的东西，她几乎都不看。我却比过去更满意于她自己的成长，自然而然地成长。

似乎每一个人在年轻的时候，都是没听老人言的，后来当成为"过来人"的时候，又会执着于去讲"老人言"的正确。

可惜，并不是所有过来人都能悟出来，"老人言"对于年轻人，仍是旧时光，永远不会站出来纠错的。

我们年轻时不甘心于没有自由成长，仍不能让自己的孩子去自由地成长……

最后特别强调，"去经历，去犯错"是我给年轻人说的，如果你已经步入中年，再折腾就不一定是好事，从经历中去悟出智慧，让心灵归于平静和丰盛，这才符合大自然的规律和法则。

面具

人们戴上面具生活，过去以为面具只是在脸上，现在才知道，从一开始，它就戴在了心上。

必须要认识到，人的内心和言行是一致的。一个人的言行如果与内心冲突，就极不自然，往往会导致手足无措，这只能在极少数时间和很特殊的环境下，才会发生。

多数时候，人都认为自己是自然的，所谓面具一说，更像是人有了自我背叛的言行后，寻找到的安慰。

面具不过是在某种环境下，真实生存着的自我所呈现出来的习惯性状态罢了。

我们都承认面具的存在，但我们并不为此感到不舒服，习惯使然。

人随着年龄增长，心外面会长出一层由多种观念和经验构成的缓冲区。外面的事物，必须得经过这层缓冲区，才可以渗透到心里来，当它抵达心灵的时候，已经不是原来的样子了，心对此做出的反应，再通过包裹在心外层的缓冲区，投射到自己的言行之上，这是面具的由来和原因。

所以在这个世上，最不名副其实的，其实是"我"这个字，"我"从来就没有完整地代表过自己。

面具不仅是对外打的折扣，也是我们对自己打的折扣。

我在大山深处生活，也实实在在地感受到这层缓冲区的存在，感受到所谓的面具，就是一念以及被一念所支配的行为。

平静下来的我，常发现自己心中出现的第一念头，多数都是谬误，是戴着面具的心，依托着习惯做出来的决定，是几十年累积下来的一种强大的思维逻辑，是已经固化的思维模式。于是我开始去否定第一念头，并主动去发现自己的第二念头，欣慰的是，第二念头总是优于第一念头，第二念头便会呈现出智慧来。现在以第二念头去对事物做出判断和行为决定，会让我感到快乐。

第一念头好像不是自己的，至少说不是现在的自己的，是过去的我，受过去的知识、经验、观点等影响，延续着惯性，所做出的第一反应。

这就是"壳"，就是所谓的面具。

这种发现，在刚开始的时候往往会因第一念头的谬误在心里产生羞愧，甚至于觉得痛苦，怎么还会这样虚荣？怎么还会这样虚伪？怎么还会这么贪心？怎么还会这样愚蠢？怎么还会在意这样的事情？……

这些都是我追问自己的最多的问题，也是针对面具的问题，也是帮我逐渐撕开面具的问题。

现在不再有羞愧和痛苦了，我平静地接受第一念头，看着它自然而然地来，再自然而然地走开，一次又一次地释然，第二念头产生和替代第一念头的时间也越来越短，偶尔还能发现第一念头就已经属于智慧了，内心充满了喜悦和感恩。

面具已经戴了几十年，去掉它们真的是不容易，好多根深蒂固的东西，哪有这么容易说来就可以来，叫它们离开就自己离开的。

说什么"看山是山，看山不是山，看山还是山"，别以为这么容易，你不来来回回、上山下山，哪那么容易就明白什么是山？

我蔑视它们，也敬畏它们，就像是现在必须要认识到自己既渺小又伟大的事实。

面具其实挺有意思的，我们从第一反应，到第一念头，第二念头，第三、四、五念头，甚至于第七、八念头才看见真相，面具已经长进骨头里了，每一个人都这样子一路成长过来，每一念头都是一种面具，每一念头又都是一个世界。

真正的智者，心和万物是一体的，中间毫无界线，每一念都是简单，每一念头都是真相，每一念头都是美好和慈悲。

我好希望自己能成为这样的人啊！

你所拥有的繁华印象

对于繁华的印象

物质生活的繁荣给人们营造了一种整体印象：街道车水马龙，商场琳琅满目，人人都得意扬扬。

繁华是种氛围，人类天性就喜欢这样的氛围，人生似乎也离不了这样的氛围。

这种整体印象和氛围刺激着人们追求成功的欲望，人为了融入这样的繁华，愿意为此而付出 100% 的努力。

事实上，无论你怎样成功，商场里的商品也只有亿万分之一，有可能属于你；这个世界的繁华，只有亿万分之一，有可能被你所拥有。

物质世界拿自己 100% 的繁华来诱惑你，让你付出 100% 的努力，耗费你 100% 的生命，回报给你一种整体的 0.0000001%。

也许我计算的逻辑错误了，但繁华给予人们的印象，确实就是这样的：100% 的付出，获得 0.0000001% 的感受……

似乎最成功的人士可以在大街上横着走，好多的人都可以看到，"呀！看那个人可以横着走……"，这样可以多回报给成功人士繁华的感受，但仍无法获得"繁华就是我的"这样的感受，还得要小心因为横着走而被查税。

人如沧海之一粟，人一生最终也无法抵达自己曾经以为的繁华。

一切皆是感觉上的虚妄，恺撒登上罗马的独裁官之位后曾经说过："原来一切都这么无聊和虚空！"

对于欲望的印象

物质繁华的印象，最终都能幻化成人们对物质的欲望。

欲望因欲望的对象才得以表现出某种存在，人们只会因为欲望看上了某种对象，才能感受到欲望那种不达目的誓不罢休的力量。

当欲望有了对象的时候，欲望会被对象所驱使，人生围绕这个对象展开行动，人便被欲望所控制。从某种意义上说，是欲望的对象在此时控制住了欲望的主人。

当对象满足了欲望之后，对象便会失去对欲望的控制力，从而也失去了对欲望的主人的控制力。

被满足的欲望会对已经到手的对象产生厌倦，欲望会自己采取行动，找到下一个升级版的对象，从而不断地控制住欲望的主人。

繁华的氛围迫使欲望不断地更换和升级对象，从而控制了人们。

欲望若是没有了对象，就变成纯粹的欲望，纯粹的欲望支配人产生纯粹的行为，欲望简单了，人就解脱了。

对于金钱的印象

除去想要拥有繁华之外，人最需要挣到的钱，往往是想与别人一起花的钱，或是想花给别人看的钱，还有一种是拿来与别人比较的钱，还有的是想拿来证明自己的钱。

别人是不断变化的，同样也是不停在升级换代的，最后会完全变成虚拟的，这就是我们身处的一个完整的社会。

有时我们并不知道别人究竟是何人，我们总以为有很多别人的眼睛，一直在看着自己，评判着自己。

世界的繁华里，似乎有一双一直盯着自己看的深不可测的眼睛。

尼采说："当你凝视深渊的时候，深渊也凝视着你。"

如果一个人能把前面几种挣钱项目都去掉，你会立刻发现自己需要去努力挣的钱，想要拥有的繁华，其实是很少的。

关键在于你怎样定义自己的繁华，是别人眼里的，还是自己内在的。

这样的领悟会让人秒变富翁，这样的领悟会赋予一个生命重新选择自己人生价值的自由。

第二章

活在当下，即知去处

什么是活在当下

将来有用吗？将来还没有来临怎么能用呢，你拿现在的时间去消费将来，那么现在的时间就消失了。

当下的每时每刻都是新鲜的，人之所以感受不到新鲜，不过是人的大脑在指挥人，重复地使用过去，重复地关心着将来。人若活的不在现在，始终活的是回忆过千万次的回忆，活的是想象过无数次的将来。这样的生活方式，一切都是旧的，都是重复的，让人厌倦的。

人在回忆的时候，就只有回忆在大脑中翻云覆雨，一个片段紧跟着另一个片段，重复的画面，同样的画风，人的知觉是封闭的，生命是僵硬的。回忆本身并不带给人任何感觉，若是真有什么悲伤感或是幸福感，人也必须得瞬间关上回忆，回到当下，才能感受到那种悲伤和幸福。任何感受都只能发生在当下，只能发生于此时此刻。

人在憧憬的时候，想象自己抵达了某种目标，各种让自己快乐的画面，不断跳跃的想象力，尽其所能的场景设计，这些同样不会带给人任何感觉，只是大脑思维的各种推演，人要在憧憬里感受到快乐，仍然得马上停止想象，回归到当下来，才能感受到刚才因为憧憬某种美好，带来的片刻的欢愉。

回忆也好，憧憬也罢，带来的感觉都是重复的，从来不会有任何新意，回忆和憧憬不会给人带来收获感、成长感、丰富感，往往也只能是片刻的欢愉，各种碎片的拼凑，只会给人以生活是支离破碎的感觉。

况且，回忆里还有悔恨、遗憾、愧疚、仇恨等相伴，想象里还有患得患失、恐惧和焦虑相伴。

当下是不会给人带来这些词汇所指向的情绪的，这些都是回忆和想象带给当下的。

人们越是回忆和憧憬，越是会不由自主地逃避现在。

人们常常自己在脑子里播自己导演的电影，最快乐和痛苦的是爱情片，最深沉的是纪录片，最没谱的是科幻片，最纠结的是剧情片，最火爆的是动作片，与真正看电影也没什么区别。

人们之所以活得虚幻，就是因为自己导演的电影，总是重复上演，某些片段会被"观看"上万次仍无休无止，人们把自己投射到这些影像中去，人越不懂更新自己，重复的画面就越多，一辈子都活在一部老电影里，活在一个连自己也厌倦的角色里。

人一闲下来就"观看"过去和将来，要么就忙碌，其实最远的"诗和远方"，就在当下。

我曾经也以为有丰富的回忆是多好的事啊，一个人有故事多了不起呀，一个人拥有各种希望是多么美好呀，一个人拥有崇高的目标是多么伟大呀……

智者说：不迎不送。过去真不懂，现在真的懂了。

我只是领悟到了，就已经很快乐了，若是再能形成这样的行为习惯，可能就涅槃了。

过去有用吗？已经过去了真没有什么用了，唯一的用处就是去领悟它们，好让自己过好现在。

将来有用吗？将来还没有来临怎么能用呢？你拿现在的时间去消费将来，那么现在的时间就消失了。当将来变成现实的时候，你只能不断地去提前使用将来，但是将来是会在某一个现在戛然而止的，是会用光光的，希望会变成幻想，幻想会变成幻觉。

况且，提前消费的将来是单调乏味的，无论人的想象力有多么的丰富，也会有干涸的时候，人想象力的丰富与否，只能取决于人对于现在的体验和感知，没有丰富的现在，拿什么去支撑将来呢？

拥有将来，拥有目标和希望，若是真有用处的话，同样是为了让人们的现在快乐。因为有了可以延续今天之快乐的明天，而让今天变得更加的快乐。反之，明天的来临意味着今天之厌倦的延续，那么明天真的会美好吗？

目标给人快乐？似乎不对，目标经常让人患得患失给人以痛苦。其实，有目标却不求一定要抵达或是占有，才是真正的快乐，每天只要看看目标还在那儿，就特别心安，每天发现自己为目标做了些什么，离目标更近了一步，这才让人快乐。

人活到一定年龄，也许某一天会得出这辈子什么事情也没有做好过的愧疚结论，然后从此下决心一定要做好某一件事情。等到这件事情做得像模像样了，自己也满意了，就会领悟到过去的所有事情其实都是做好了的，就应该是那个样子。没有那样的昨天，就没有这样的今天，这就是人们常说的："一切都是最好的安排。"

"一切都是最好的安排"无疑是当下得出的结论，并且肯定是在感受到当下的美好时，才能得出这样的结论。

回归当下吧，把心用在当下熟悉的事物上，用在当下的日常生活上，这点对于人们是种巨大的挑战，因为敌人就是自己，就是自己的大脑。最善于生活的人，恰恰是在熟悉的日常生活中，找到美感的人，是以当下的知觉战胜了回忆和憧憬的人，是以今天改变了昨天和明天的人。

不要以为诗和远方才是好生活，诗和远方的存在，仍是在提醒人们，可以用诗和远方的心境，体验当下的生活。

别给我扯什么极简主义

"极简"再加上"主义"，不仅是"极简"这种东西大自然里寻不到，任何东西只要被加上"主义"两个字，总会让我嗅到一股子奇怪的味道。

"简"已不易，还要"极简"，还要成为"主义"，除去文痞，真正的文化人很难讲出这四个字。

时间和空间的交叉点成就每一刻，永不重复的时空之中，每一个瞬间都是永恒。

每一个瞬间，都是立体的，想要看完整，人必须要有 360 度的即视感。

你说说自己下一刻是简单还是复杂？

最近被各种媒体鼓吹的"极简主义"开始横行，我不想去评论好与坏，收拾干净前面几段文字里的戾气，平心静气地说说自己的心里话。

在没经历过繁华和复杂的年轻人群之中，说自己是极简主义者，本质上不过是精神上虚假的繁荣，自我精神上的另一种虚荣心。

你在某一方面简单，就一定会在另一方面复杂。没有复杂，就支撑不住简单，同理，没有简单也就撑不起任何复杂。

简单和复杂的指向，更接近的是事物所表现的形式，并不指向形式里面装什么样的内容。

内容是鲜活的，简单和复杂同时存在于任何鲜活的事物之中，智者在简单中看见复杂，在复杂中看见事物的本质。

任何一个生命都是极其鲜活的事物，就连一个单细胞的草履虫，人类想要搞清楚它，也可以到写书立传的复杂程度。

简单也好，复杂也罢，最重要的是，任何生命想要抵达的远方，叫丰富。简单和复杂，都是丰富不可缺少的组成部分，反之，一个匮乏的生命，每一个人都会厌恶。

如果年纪轻轻就如"极简主义"所说：在身体之外的事物上"极简"，在衣食住行上"极简"，在社会交际上"极简"，那此人一定在内心深处无比复杂，并且内心充满了冲突。

心灵就像是一种能量，你不把它放在这些事情上面，它就会流往其他方面，年轻人的心灵，往往是无端的，没有脉络的复杂心灵，而这类型的复杂几乎都是没有智慧的低层级的复杂，比如：可以在"他爱我，他不爱我"之间来来回回地折腾几天甚至几个月；在一个名人出轨的新闻八卦上，投入内心活动去关注个好几个月；把某某人的一念之善恶，在内心纠结几个月……

智慧只与经历、阅历和年龄相关，是在历经诸多人事之后的人的觉悟，一个人不知道要经历多少次从复杂到简单的轮回，才可能走向真正意义上的"返璞"，年纪轻轻说自己精神丰盛而"归真"的，你可能连什么是假都不知道，根本不可能知道什么是真。

人都是逆向成长的：

我确认了什么是坏

才明白什么是好

我被彻底地拒绝

才懂得了完整地接受

我看清了自己的虚伪

才弄清什么是真实

我看到心的破碎
才记起来它完好的模样

我承受自我的折磨
才知道宽恕

我愚蠢过万次
才迎来智慧

我攒够了太多的不要
才甄选出那么几个想要

我放任了恨
才看见爱

我历经失去
才感受到得到

我接近死亡
才明白生命的真相

我逆向成长

才逆风飞扬

记得张爱玲说："出名要趁早。犯错，何尝不是如此？以年轻的名义，奢侈地干够这几桩桩坏事，然后在三十岁之前，及时回头，改正。从此褪下幼稚的外衣，将智慧带走。然后，要做一个合格的人，开始担负，开始顽强地爱着生活，爱着世界。"

这才是真实的生活。

我现在一个人生活在大山里，却从不鼓励任何人像我这样去生活，虽然无数的粉丝在私信里说"羡慕……"，说"向往……"，羡慕可以，向往也可以，但你年纪轻轻，错都没有犯够，就来过我这样的隐居生活真不可以，也不太可能。

人该自然而然地活着，什么样的年龄就该有什么样的样子，什么样的年龄都会有好样子和坏样子。千万别让自己有假样子！

不要跟随着一个喧哗的社会起哄，唯有自由和独立的思考，才是触摸这个世界真相的方式，一个人几十年的生命旅程，总该可以感受到世界几次真正的脉动。

劝君在没有经历过实实在在的繁华和复杂之前，不要去追逐所谓的极简生活。

能过这种生活的人，不仅需要一颗极度敏感细腻的内心，还需要拥有对极简进行再创造，并让其产生丰富感的才华，这点特别需要一个人拥有某种极致复杂的人生经历。

人之初就开始的极简撑不起一个人的人生，极简的背后应该是极致的丰富。

李白说：千金散尽还复来。我理解为，不是金的复来，是人生丰富地回来。

李白同学，金并不富，但人富。

简单是最不由人的，做一个复杂的人很简单，做一个简单的人也很复杂。

生活无法逃避，但你可以选择

雨停了十几个小时，但应该还会继续下，不过山上的泉水因为有这十几小时空隙，也就纯净了，我得打泉水去。

爬上禅道，进入森林，大自然的律动便扑面而来。

树叶的颜色已经很丰富了，黄的、红的、紫的，嫩绿的松针上还挂着少许的眼泪。叶子不过是因为失掉水分而从绿色变成各种颜色的，所以秋天让人们惊艳的各种缤纷，不过是一类生命逝去的过程，突然就觉得这场让我烦恼的、延绵了近二十天的雨，对这些叶子来说却是仁慈的，而我所期盼的阳光，无疑是它们的催命之符，所谓大自然的"自然"，总是有你了解的，你不了解的，你能接受的，你接受不了的。

秋天里最繁忙的或许就是林子里的鸟儿了吧，各种音色的鸣奏，各种姿态的飞行，各种颜色的羽毛，我分不清楚它们是在吃虫子还是吃果子，应该是冬季前的盛宴，反正没有听说过鸟儿被吃撑死的。叫得最欢的总是那些个头最小的，你能听出它们对冬季毫无忧虑，它们可不像是那些大身材的候鸟，需要逃避严寒而长途迁徙，走不掉的大概会死在这林子里吧。

一只小鸟让我走得很近，我已经能看清楚它的红嘴唇和颈部黄色的羽毛了，它歪着脑袋看着我，灵动的样子让我显得格外傻气，不过它对我的宠幸到让我感到欣喜，我在想是不是自己在山里住久了，也会有点儿仙气了，传说中的神仙们不就是能和这些动物们欢聚一堂的吗？

人为什么因为一只野生动物的亲近就会感到很快乐呢？或许是生命本身的默契吧，或者是彼此都毫无戒心吧，也许养宠物的人最有发言权。

可是松鼠们还是怕我的，留给我的还是一条又一条飞驰的尾巴，也许是我身上还有戾气吧。写出"戾气"这个词便想到前些日子读过的书，书中说中国的文字怎样怎样有意境，你看这个"戾"字，家的门口放着一条恶犬，哈哈哈，真是形象生动啊！

每一次去禅道打泉水我都快乐得不行，大概我与大自然就快融为一体了吧，这算是一种福气！

人在自然里的开心应该是人的天性，特别是一个人独处之时与大自然的亲近，所谓亲近，就是发现，去看和聆听，看的和听的都是在大自然里的自己，看看大自然是怎么让一颗心归于宁静的，宁静的心是怎么生出喜悦的，喜悦又是怎么生出对生命的爱意的……人们把被大自然牵出来的种种情绪，称之为风景。

唯有大自然可以让自己的心，归于内心的深处，心在心最应该在的地方待着，难怪人会感受到快乐了。

走出森林来到公路，一辆又一辆的汽车从我身边飞过，我真的觉得他们开得好快呀，赶时间的吧！

生活无法逃避，但你可以选择！

写给天下父母的"不听老人言"

今年山上下了好几场雪，比往年更大，每次雪融化之后，可以望见松树林有大片被雪压断的松枝，折断处的树干都光秃秃的，露出木质的肉白色，在深绿色的森林树冠群里，竟然像星星那样繁多，特别的触目，若是此时走进森林，就走进了大雪之后的灾难现场。

大自然肯定是残酷的，可是这些树并不会因此而夭折，它们都会在折断处长出新枝，继续向着太阳，成长为参天大树。也正是可以看见这样的荣枯衰败，又会让人感受到生命的不易和美好。

植物都是不需要后天教育的，植物从不说话，更不会讲道理，它们的孩子，成长的一切都在自己的基因里。从种子发芽开始，孩子们只专注一件事，就是生长，在各种季节里，在大自然的风雨雷电阳光里，植物总是可以依着自己所处的环境，长成自己最好的模样。

人的一生是否也是这样成长的？人们是否都依托着自己的环境，以及自己的基因，长成了自己最好的模样？父母在孩子的成长过程中，能做些什么？

这是我问自己的问题。

和大自然相处几年下来，人生的脉络在我心里，就跟明镜似的，我知道自己的人生，是怎样一路走过来的，也知道自己被生活折断过多少次枝干。

可是，当我想以现在领悟到的智慧，去替女儿挡住一场大雪的时候，生活却又一次让我领受了它的无情。

看见恋爱中的女儿在手机屏幕上泪流满面，自己安慰她的话每一句都苍白无力，等到视频聊天结束后又立刻后悔，自己不应该说这么多话，该听她多倾诉才是，唉！唉！唉！

对已经成年的孩子，父母的话其实都显得有点苍白。

人领会不了自己没有体会过的事物，女儿必须要去经历她该经历的一切，在这一点上，作为一个父亲，我意识到自己根本做不了什么。

你只能去告诉她，她所经历的究竟是些什么，是一场雨，还是一场大雪，却不能避免她去经历。

你也许能做到不让她犯同样的错误，却不能阻止她去犯新的错误。

人只能在亲身经历中成长，对于人生已经设定好的成长过程，其他人什么都做不了，也无法把这个过程进行怎样的调整和修改。

你以为可以给她梯子，以为她可以因此而看见更远更好的东西，可是，她站在梯子上，看见的仍只是自己这个年龄段想看见的东西，不会去看你想让她看的东西。

俗话说："不听老人言，吃亏在眼前。"其实，满世界都是不听老人言的人，我们的父母也曾经想阻止我们去犯错，他们都失败了，人间尽是尝尽了"吃亏在眼前"才慢慢长大的人。

每一个人在年轻的时候，都是没听老人言的，当自己成为"过来人"的时候，又会执着于"老人言"的正确。我们年轻时不甘心于没有自由成长，仍不能让自己的孩子去自由地成长……

这也算是一种轮回，人间传说中的所谓智慧，似乎并不能在两代人身上传授，况且多数已经为人父母的人生智慧，连自己都不够用。

在一场大雪到来的时候，我只能坚定地对女儿说："孩子，树是一定会被折断枝头的，它能躲过这一场雪，还会迎来下一场雪，但是它在每一个折断处，都会长出新枝。"

看见一本好书，与一个智者交流，听一位成功者的演讲……绝大多数人在当时都会受益匪浅，一周以后因此有所行动的是少数人；一个月之后还在坚持那些行动的，是极少数人；一年之后真正被改变的人，可能一个都没有。

不是人们不懂道理，其实是人们不懂习惯，你要拿重复几百次的行为去改变自己已经重复了上万次的行为，这本身就是天方夜谭。

每个人都活在做人的惯性里，学会游泳的人，一辈子都会游泳，一个人若是不能把自己做人做事的惯性停下来，几乎不会有任何改变。

每一个成年的孩子，都已经拥有自己的人生节奏和惯性，这正是一席"老人言"注定没有用的真正缘由。

人生在前行的道路上，"老人言"似乎就像是一个障碍物，你给孩子聊上几个小时的天，她也完全听懂了，这最多会像一个障碍物一样，减慢她走向错误的速度，她会拐个弯，继续向前，途经那些必须要经历的站点。反过来说，孩子所有要经历的错误，以及需要承受的痛苦，也是同样的道理，同样不过是人生中的各种障碍物，她也一定会过得去，终会长成她自己喜欢的模样。

人生一辈子最终还是会屈从于真实的自己，这是早晚的事，毕竟，只有真实的自己才能体会到生命的愉悦，人无法长期让自己淹没在痛苦之中，当人生破碎到一定程度之后，人会自然而然地停下来，反省自己，修复自己，重新上路。

每一个做父母的，都可以反省一下自己，看看自己是否也是这样一路走过来的。

所以，不听老人言是必然的，吃亏在眼前也是必需的。

与植物相比，人拒绝不了环境给予自己的任何东西，好的坏的总是一并吸收。

说人们会有自己的选择，无疑是一种自欺欺人；说一个人能够只从环境中汲取对自己有营养的，说一个人能抵抗住环境带来的糟粕……这些是老天给极少数人准备的智慧。

现在的年轻人，不过是呈现出大环境里应该有的样子。

过去我们这个年代的人，要花上四五十年，才能给这个世界贴上的标签，现在的年轻人，二十几岁就给这个世界贴完了，从此活在各种标签里，活在不过如此的无趣中。

我特别心疼现在的年轻人，他们活得很无聊，比年轻时的我们痛苦多了。

每个人都会度过一段做什么事都觉得没有意思的日子，区别只在于有些人这样的日子长些，有些人短些。偏偏有意思的日子必须要从没意思中获得，我们只能在带着负面情绪的事物中，渐渐看清楚它们的反面到底长什么样子。

今天这个时代，把我们过去的成长过程，太早赋予现在的年轻人了，不知道是祸还是福。

这个时代确实走得太快了，过去我们还能拥有那些必须要用时间酿造出来的好东西，现在的年轻人已经很难品尝到了。

需要时间来培育的东西，只有攒够了足够的时间，才能对抗住时间。生命中好多重要的东西都需要时间来培育，而今却被时代抄了近路，现在能对抗住时间的事物已经越来越少了，这包括需要时间来锻造的爱情。

但是他们又同时拥有了过去我们没有的东西。

这个世界会向何处去，我还真的不知道，我们的下一代也许会经历我们不曾经历过的痛苦，也有可能产生我们没有过的智慧。

这是我们的下一代自己的命运。

想想自己究竟能给孩子们做什么呢，像植物那样的基因上的事儿，早就已经做完了，人毕竟是动物，动物成长最好的学习方式就是模仿父母。

每一个父母最担心的，不过是自己的孩子经历一些难以逆转的事情，比如：偷盗、吸毒、精神抑郁、身体受损。

我以为，年轻人在遭遇到这些难以逆转的事情之时，真正起决定作用的，还是父母。

在这样的时刻，家庭曾经给予孩子的爱，父母榜样的力量，家庭教育的价值观念，才会真正显示出来，确保孩子不会走向极端，珍重别人，珍惜生命。孩子在大是大非面前所做出来的任何决定，正是做父母的在孩子成长过程之中，所有日积月累行为的总和。

动物在受到危险时，所有的技能和表现，都从它们的父母那里得来。

最后，只要是大树都会有残枝，只要是人生，都会面对破碎。

每一个人都会经历人生的破碎，这些经历无可替代，也无人可以替代。况且，人到中年，好多的人生碎片恰恰代表着生活中的真谛。

我们是这样子长大的，孩子们也会一样，我们是怎样去修复自己的人生的，怎样让自己变得圆满的，孩子们也会同样如此。

我现在坚信一个真理：要么做出成就给孩子们看，要么幸福地生活给孩子们看。

做父母的，少唠叨老人言，多做一些人生最应该做的事。至少，幸福是可以遗传的。

情人节，说说"情为何物"

人与人之间的情感，一来一往应该越来越丰富和厚重，感情生活仍是一种精神生活，精神生活是以灵魂为质量的生活。绿叶与花朵总是互为营养，要远离那种利弊权衡的苍白的面容。

感情的本质就是一种算计，我这样说你肯定不信。

人与人之间常常说的所谓感情，是可以一桩桩、一件件去细数的，既然感情是可以数出来的，那么它本质上就是一道计算题。

感情在人们脑子里最终的表达方式，就是各种事实，是事和物的集合体。

感情与爱情不一样，爱情往往是虚无缥缈的，可以给予人无穷的想象力，但感情却是实实在在的，感情其实是一杆精确无比的秤，称的恰恰是一些实实在在在生活中发生过的事情，并且从来不带任何水分，来不得半点的虚假。

感情是由碎片化时间堆积起来的整体，而爱情更像是有无数个高潮不断更迭的片刻。因此，爱情是天生的冒险家，探寻的是无数的可能性，而感情更像是天生的银行家，寻求的是每一种确定性。

古人云"天地之间一杆秤"，原来就是拿来称感情的。

我生病时你来照顾我；我冷的时候，你把衣服脱给我；你给我买了很多东西；你待我的父母和亲人比自己的更好些；你总是陪我回家过年；你经常给予我面子；你可以为我，放弃自己的兴趣和事业……

诸如此类，看看以上用心称出来的内容，感情的实质正是这些在时空里各种精准的算计。人与人之间感情的好坏，不过是人们内心各种利弊权衡的结果，是人拿自己的付出和回报，经过计算之后得出的判断。回报大于付出，称为"他对我真好"；付出大于回报，称为"他这个人无情无义"；付出等于回报，往往被称之为"彼此感情很好"。

这三种答案，都是以一件件发生过的事实来支撑的，感情这种东西，人既不自欺，也不欺人。

有时候感情比爱情靠谱，是因为感情是时间累积出来看得见摸得着的产物，多数过来人都愿意相信岁月，而不再去相信瞬间因为欲望绽放的爱情。

有时候感情抵不过爱情，也正是因为感情可以被表达为种种事物，甚至可以直接表现为金钱，可以变成一道算数题。背叛感情的人，可以用计算利益的方式，去补偿感情，以逃避良心的自责；而感情的受害者，也可以通过得到利益，来获得内心的平衡。

感情在现实生活中，代表的往往是实实在在的利益，或者说，感情其实可以被各种既得利益所代表。

因此，人与人之间的感情，并没有人们自以为是的那么崇高，人类也没有自以为是的那么高贵。

人与人之间的感情，本身就是人类社会化的产物，一个社会大众推崇的是什么，感情就表达成什么，人们就拿这个"什么"来评判自己的感情，现在普通人心中的感情，并不是什么了不起的高尚事物。

不要不承认，也不要抗拒真实的自己，看看自己在称重一份感情时，脑袋里出现的是些什么具体画面就知道了，看看那些评判标准究竟是些什么具体内容就知道了，一个社会的庸俗堕落，早就平摊到每个人脑子里了。

人间真情，如此高级的东西，为何就变得这么寡淡无味了？被时间淬炼出来的东西，怎么就这么不堪一击了……

有钱的人热衷于拿钱来表达感情，没钱的人以为，钱都还没有，就不要去求什么感情了……

情为何物呢？

突然想到凡高两兄弟的故事，温森特·凡高与提奥·凡高，他们都叫凡高，虽然相差4岁，但从小就像双胞胎一样形影不离；

他们一个是落魄一生的画家，一个是年轻有为的画商，却彼此信任，终身无悔。没有提奥就不会有凡高，凡高死去后 6 个月，提奥也随他而去，想想他们携手走过的艰难岁月，却给世人留下巨大的精神财富，当今世上，还有这样的有情之人吗？

人们向外付出的任何情感都是美好的，感情之所以让人感觉到痛苦，是因为人们过分在意付出情感所得到的反馈。

人们爱大自然，喜欢星空和大海，从来不寄希望得到它们同样的爱。人们知道自己爱大自然，便从这样的爱中得到了情感的升华，也带来了美好的享受。

人们愿意抑制自己的情感，却不愿意转变对于情感的态度。

有一天，我发现"我想你……"已经够美好了，便不再寄希望于"你也同样在想我……"。

人与人之间的情感，一来一往应该越来越丰富和厚重，感情生活仍是一种精神生活，精神生活是注重灵魂感受的生活，绿叶与花朵总是互为营养，要远离那种利弊权衡苍白的面容。

生活一方面给我们想要的东西，又从另一个侧面告诉我们这些东西皆不过如此。

不要把感情生活也变成不过如此……

人活着不去追求一点真正可以超越平庸的东西，活着并不一定有意思。

至少我不允许自己再这样活下去，以得失之心来衡量的感情，不给也行，不要也罢。

人醒来时发现身边一片废墟，肯定会心生恐惧。我已不在人间，知道自己就睡在废墟之上，既然春天来了，相信身边早晚会长出一片大自然的新绿。

命运，不过是那些变不成行为的思想

人最大的问题是想得太多，行动太少。

即使是已经想得很好了，似乎一切都已经想透了，想通了，想彻底了，但没有付诸行动，不如不思考，有行为却变不成行为的习惯，仍不如不思考。

唯有变成行为习惯的思考才是有用的思想。

一个人想过很多的事情，却无力改变自己的生活和命运，难免得出思考无用的答案，得出命中注定的答案，得出道理无用的答案，得出人生虚幻的答案……而在自己的行为习惯里，却从未注入过任何自己已经想通的道理，这有可能是多数人逐渐变得平庸、麻木的重要原因，也有可能是很多思想家精神分裂的原因。

反过来看，任何一种成就，任何一个有所成就的人，背后一定有一种行为习惯的支撑，行为习惯背后，也一定有一条永恒不变的真理支撑。

一个人真正有用的反省，就该反省自己的所有习惯。

人的所有的状况，都是由行为习惯所造就的，"好"与"坏"

的背后，都有一个行为习惯支撑着，习惯决定着我们毫无意识的、重复的行为。任何重复几千次、上万次的行为，都会呈现出惊人的结果。

人最擅长的，就是习以为常了，任何伟大的成就背后，不过是一个平常的习惯而已。

快乐也好，愉悦也好，智慧也罢，不过是一个又一个支持这些情绪的习惯罢了，我越来越不相信那种一开悟就成仙成道的事情，人们在长大的过程中，领受了那么多的束缚，它们都生长在行为习惯中了，哪有一开悟就把所有捆绑心灵的绳索都解开的……

在我看来，如果真有涅槃，也不过是各种习惯长期共同的成果，想来应该有极简的生活习惯和饮食习惯，与大自然独处的习惯，无我的空灵的习惯，心灵完整敞开、自由、愉悦的习惯，淡泊名利的习惯，可以经常引导自身欲望不断升华的习惯，与万物融为一体的内心和谐、平静的习惯……

这些习惯若是都具备了，历经无数次的重复，把人在成长过程中累积的内心的浑浊、内在受到的污染都清理干净了，或许在某一个时刻，人突然就开悟涅槃了。

不过，即使没有什么成道成佛，任何人能够拥有以上的行为习惯，人生也足够圆满愉悦了。

人最智慧的地方，就是可以让自己与"现实中的自己"保持一定的距离，可以旁观自己，以获得超越现实的精神生活。但多数人都因为对于精神生活的追求，而遗忘了精神生活的实质意义，是为了更好地让自己过好现实生活，让自己更加愉悦地活着。

智者能够将精神愉悦的自己，与现实生活的自己，统一在一起，成就圆满的人生。

而连接这两者之间的，就是行为习惯。

一个习惯足以成为一个人的真理，懂得世间万般的真理都不如把一个道理变成自己的行为习惯。

命运，不过是那些最终也没有变成行为习惯的思想罢了！

人若是能掌握自己的灵性，又何来的命运之说呢……

活在当下

从山上下来照顾母亲二十多天了，这阵子真的是收获了太多的领悟，过去以为的什么大孝子、孝心、亲情、回报母亲的养育之恩……这些统统都是经不起推敲的概念。

世上的事无非两种，你喜欢做的，你不想做的。

摔伤了腰的母亲需要卧床两个月，这样的照顾肯定是我不想要做的事情。

不想做的事情，理性可以让一个人平静地去做，前面说的那些概念就是理性，孝心什么的，可以让人平静地去做一些事情，并且可以做到毫无怨言。也正是如此，才有"久病床前无孝子"的说法，理性总会有走到头的时候。

但是智慧却可以让人愉悦地去做不想做的事情，并能享受其过程，还能从中得到心灵的滋养，并且还能把不想做的事情也变成习惯。

我实实在在地在照顾母亲的过程中感受到了愉悦，我开心，连躺在床上的母亲也渐渐被我感染得开始平静和开心。每次母亲在床上解大便都需要立刻进行清洗，经过很多次之后，母亲应该已经感受到我不是强装的平静和淡定，她才渐渐地消除了自己愧疚的心，让卧床里最难熬的一件事情，变得顺利起来。

现在我才发现，根本没什么逆来顺受，人生没有什么"逆来"之物，心中若有"逆"的认知，人便已经产生了抗拒，任何抗拒都给人以痛苦。因此，没有逆来顺受，只有抗拒或是接受，只有主动领受或是被动接受，一个人什么时候学会了完整地接受生活给予自己的一切，就远离了痛苦，就能获得圆满和愉悦的生命。

一个人若是能完整地接受一切，就活在了当下，活得无所等待，也无所畏惧，这是少数人才可以抵达的大智慧。

等待可以因为时间和空间上的距离，把人等待的事物美好化，甚至于神圣化。这是人心灵和大脑共同作用的一种移情能力，既然它们可以美化将来，也就同样可以美化现在，把将来移情当下来过，把想象力运用到当下，把自己所有的感觉都打开，把美好的将来拿到现在来享受……

"活在当下"不是一种说法、方向或是思想，而是种行为的习惯，所谓的修行，就是培养出这样的行为习惯。

人生最重要的是，你能享受到多少当下，你能从当下获取多少营养，而不是你将拥有怎样的未来。

偷得浮生半日闲

人们都说：人是不能太闲的……

人们又说：偷得浮生半日闲……

"闲"与"忙"各具道理，但凡世上存在的道理从不曾亏欠人们，有闲出毛病来的，也有闲出成就来的；有忙出大麻烦来的，也有忙出喜悦感来的。

我是经历过那种极致忙碌的人，记得有一年做"中国花艺博览会开幕式"的公关统筹业务，忙到三天两夜没合过眼，还好那时候身体和精力都挺得住，不至于猝死在工作中。现在又开始经历极致的闲暇，五年了，没做过一件所谓的正经事儿，没挣过一分钱。还好，现在生出的智慧撑得住这样的无为，孤独却无孤独感，偶尔寂寞，从来不无聊，不至于闲出点不可逆的毛病来。

其实这几年在大山里住下来，似乎并没有感到自己闲着，也没有感到自己在忙，探究下去，就感到里面其实好有学问，值得以文字的方式去边学边问，看看能不能帮自己领悟成智慧。

我以为闲和忙本身不会有什么过错，主要看忙与闲里面的内容都是些什么，与它们绑在一起的词汇和语境是什么。忙和闲其实是人生的形式，关键看这个壳里面包裹着怎样的体验和感受。

闲下来的感觉若是无聊，结果便是全身痒痒，越挠还越痒。无聊乃空虚所致，空虚乃肤浅所致，肤浅一时半会儿根本解决不了，痒痒只发生在表皮之上，皮肤瘙痒的人都知道，无聊这种感觉还真的由不得人。

世上最累人的事情，当数无聊，什么都不做，什么都不想，但就是感觉到很辛苦很累，无聊似乎是另一种忙的感觉，忙得有点手脚无措，忙得自己心慌慌。

闲下来的感觉若是寂寞，就免不了找点什么刺激来填充，整出点什么爱恨情仇、终身悔恨来。在孤独、寂寞、无聊三兄弟里，寂寞是最不可信的，寂寞常常源于性欲，纯粹是身体的欲望，它悄悄地藏起感官的欲求，每次被识破或是闯了祸，便立刻逃得无影无踪。

闲下来的时候若是经常独处，自然会遇见孤独或抑郁，要么去挑战一下自己，成为圣人，要么变成恶魔。

人在身体很闲的时候，内心的内容支撑不住这样的自由，这应该就是无聊。

人在内心很闲的时候，而身体的欲望支持不了心灵的自由，需要爱的慰藉，这其实就是寂寞。

闲下来的时候若是身心合一，往往是获得了最大的自由，这种闲暇，要么喜悦，要么孤独。

当然，闲的人若是种花，结果肯定是看见花开。

一个心中有诗意的人，绝不会生出单调、乏味、无聊的感觉。我以为最好的闲暇，并不会给予人闲的感觉，当自己感受到闲的时候，多半已经闲出点什么毛病了。

忙起来的感受若是为了生存，得到的结果便是生存；忙的感受若是与人在竞争，与别人在攀比，那么人就一直在比较，在斗争；忙的感受若是在应付人事，那么人就一直在人际交往里滚打；若是忙的内容只是挣钱，那么人生的结果就是把钱一直挣下去，变成有好多用不完的金钱。

忙的感受若是瞎忙，肯定是越忙越不知道自己站在哪里，可以去往哪里。

忙的感受里若是真正产生忙的感觉，累的感受，就已经不是什么好事儿，好在累的感受常常会让人产生疑问：这是为了什么？

忙的内容若是与意义两个字捆绑在一起，人就必须要有闲下来的时候。

意义这两个字是每个人活着都会扪心自问的问题，但凡一个人的成长，都是从每一次的自问开始的，问得最多的就是意义。要问路就得停下来问，意义的咨询处总是挂着斗大的两个字：闲暇，或者是另外一个称谓——思考。

不记得哪个哲人说过："懒，是指行为的懒，或是指思考的懒。"

一个人只要不是"双懒"，人生总是应该有出路的。

人类发明创造了很多词汇，又在词汇的基础上分类出褒义词、贬义词、中性词。闲和忙应该是中性词汇，既然是中性的，它们之间的关系就不可能有对立和矛盾，现实生活中，闲是忙的滋养，而忙往往又可以升华闲。

那么何种闲可以滋养人，何种忙又可以升华闲？我体会到的答案是应该在主动与被动的区别之上。

人们面对人生的无常，要么是被动受到刺激，进而演变成各种情绪，要么是主动去理解和接受，领悟成智慧。

说命运难为，应该是指人们被动感受到的命运难为，而主动的命运肯定优于被动的命运，一个人最好是默默地、坚强地去认定："这就是我自己的命！"从此义无反顾，这就是主动的命运。

被动的闲和忙碌，这就是命运，相反主动地闲暇和忙碌则表现为人生的智慧。

但凡美好的、养心又养肺的闲暇，都是主动给予自己的，下雨天从书本里给自己采摘点阳光；前方的道路拥挤不堪，踩一脚刹车，看看是否可以换一条路再行走；心觉得累了，停下来清理一下内心的垃圾，打开窗户透透新鲜的空气。这些都是主动的、积极的闲暇。

需要打发时间的都是被动的闲，因为被迫感受到时间空虚的刺激，所以找些事情来填充，随意打发时间的人，肯定是那种被动遇见命运的人。

就拿阅读来说，肯定不能把读色情小说的，与读诗歌、哲学、历史的，视为同一种闲暇；也不能把翻开一本书，拍上一张照片发上朋友圈，然后开始回复点赞和评论的闲暇，与看书写读书笔记的闲暇等同起来。

这是一个拿起手机就可以很忙的时代，这是一个一闲下来就可以拿起手机的时代。

能够通过手机去掌控命运的人，恐怕是极少数人。

手机的本质，就是把人们本来可以主动拥有的闲暇，变成为专门针对人性弱点而设计的被动式闲暇，人们的时间确实被各种垃圾信息填满了，恐怕用不了多久，"无聊"这样的语境也会被碾压在数字时代的车轮下，成为永恒的历史。无聊本是肤浅的产物，人若是连无聊也感受不到了，自然不知道肤浅为何物，人人都是被各种表面信息所撑大的气球，一戳就破。

人们去拥抱一个人与被人拥抱，感受应该是完全不同的。同理，主动去拥抱忙碌，或是被忙碌奔波所环绕，这也是两种不一样的感受。你敢抱它在怀里，它就会听你的，你敢主动去拥抱它，证明你有足够充分的理由。

主动的理由就是人们所追求的意义，被动的事物恰恰在于它们没有意义。忙碌了一天，人已经累傻了却觉得自己什么都没干，不过是这件事没让人感觉到它有什么意义。

主动的忙碌就是赋予忙的对象以意义，也又正是因为存在意义，人反而感觉不到忙的存在，甚至可能感受为主动的闲暇。

就阅读的体验来说，很少有真正的阅读者，把读一本好书感受为自己很忙的。"忙"这个字的语境包含有付出之感，有付出感就需要得到回报感，好的阅读，好的闲暇，却被人们直接感受为享受，不再需要寻求其他所谓的回报感。

也正是如此，闲与忙之间会因为主动或被动的区别，而产生互相的转换，被动的闲暇被感受为忙碌，主动的忙碌，被人们感受为一种闲暇。

闲下来给自己做一顿饭，与天天需要买菜做饭，显然是不一样的闲暇；闲下来主动给孩子辅导一下功课，与每天都需要守着孩子做作业，肯定是不一样的闲暇。

这种天天要做的事情，或许已经不再被感受为闲暇，直接被人感受为无可奈何的忙碌。

准确地说，但凡人们去主动领受的事情，忙与闲之间的差别感已经消失了，人既感受不到忙，也不以为自己闲着，这背后代表的正是生活的有趣和人生的意义。

主动地忙碌也好，主动地给自己闲暇的时光也罢，应该都是遇上了喜欢的自己，喜欢自己这样的状态，喜欢这种状态带给自己内心的愉悦。

所以，忙也好，闲也好，目的都是让岁月锻造出一个更加喜欢的自己来。

喜欢是主动的，自然而然，没有丝毫的刻意，世上没有什么被动的喜欢，人更没有什么被动喜欢的自己，人们能真实感受到的所有生命滋养，无不与喜欢有关。

我以为，人们所找寻的高大上的人生清闲，所谓"偷得浮生半日闲"，归根结底，不过是一种对人生最主动、最彻底的领受而已。

大自然里的动植物，并没有闲和忙这样的概念和语境，阳光不会闲着，也不会忙碌，那些树木和花草正在不慌不忙地成长，冬眠的棕熊正在做着美梦……

"懒猪"显然是人们给猪冠上的莫须有的罪名，懒本是猪存在的意义，野猪要是懒得起来，恐怕大自然早已失去了这个物种。

忙与闲最终的归处，仍是自然而然，是宇宙的秩序和法则。任何忙与闲的感受，并不符合自然。

闲点特别的，被称为修行，人之所以可以闲下来晒太阳，是心中有太阳；忙点特别的，被称为创造，人之所以可以从早到晚地奔波，是心中必须要有那么一点有意义的追求。

闲而不产生无聊、寂寞、空虚之感，这也算是人的一种修养，人得有料才能撑得住闲暇的一片"天空"，不然"天"早晚塌下来砸到自己。在这个时代，做一个忙人容易，想要做一个主动的闲人，还能闲得清恬快乐，闲得有茶竹梅菊，这真不容易。

太忙了，又非主动的忙碌，容易得到一个粗制滥造的自己，精致的自己总是从精致的闲暇中来，精致更像是一个人对自己人生主动的创造，是对生活的再创造，一个懂得闲暇的人，怎么也不会去领受别人的二手生活。

虽然说忙碌了半生毫无建树者大有人在，但要说闲了半生，却闲出点什么境界来，这肯定是天方夜谭。

看来，闲与忙背后的人间真理，也得分出点时间段落来评判。忙碌才撑得住年轻人的天，年轻时不做勤劳的小蜜蜂，没有点经历和人生阅历的闲暇，难免不以寻找刺激和最终的堕落收场，这样的案例富二代中比比皆是。而人到中年，若无主动给予自己的闲暇时光，来修复一下支离破碎的生命，人生有无建树皆是小事，身心健康的"天"崩塌了，肯定才是大事。

内心的喧嚣和焦虑，都是人们毫无目的忙碌的产物。

人们忙着投机，忙着寻找机会，不想靠运气和机会活着的人，是不太容易焦虑的。焦虑并不是担心失去什么，而是担心自己错过什么，不是没有机会，是这个世界正在忙于翻天覆地的变化，让人们感觉到四处都是机会，稍纵即逝，便是吹过一阵风，人也想 HOLD 住装在自己的口袋里。

人生真正意义的富足之感，是平静的产物，平静是从容的产物，从容是闲暇的产物，真正的闲暇，是一个人主动去领受人生的产物。

《题鹤林寺僧舍》

[唐] 李涉

终日昏昏醉梦间，忽闻春尽强登山。

因过竹院逢僧话，偷得浮生半日闲。

其实，闲也好，忙也罢，浮生若梦，一切都不过是为了人生体验。

每个人只能体验自己一次性的人生，活一天就得去拼命体验一天，再忙再闲若是没有收获到生命体验就叫苟且，体验之中没有感受到美好也叫苟且，苟且并不能偷生。

越来越以为人生就两件事：一件是拿事儿把时间填满；另一件是拿美好的感觉把心填满。前者为忙碌，后者即为清闲，闲若是天，忙就是地，人站在天地之间。

忙也乎乎，闲也乎乎，忙是意义，闲也是意义。

挣钱买闲，以闲养魂，闲暇者为鬼，鬼为魂魄，魂魄则安享万物。

你每天都在使用的价值观

所谓人的价值观，说得直白一点就是在一个人的精神生活里，你拿什么东西来评价自己，当然也包括去评价这个世界。

有人拿金钱来评价自己，我住怎样的房，开怎样的车，背着什么牌子的包包，账户里有多少存款，过着怎样的物质生活。

有人拿权力来评价自己，科长、局长、县长、部长、工会主席……

有人拿自己与圈子里的人相比较来评价自己：我比他什么地方好些，什么地方要差些；我老婆比他老婆漂亮些；我孩子比他孩子有出息一些；我比他有品位些；我比他聪明些……

有人拿旅行来评价自己，我去过多少个地方，看过多少风景。

有人拿爱情来评价自己，我爱过些怎样的人，又怎样被人爱过，拥有过多少美好浪漫的回忆。

有人拿亲情、友情、孝心、贤妻良母来评价自己。

有人拿兴趣、爱好来评价自己。

有人拿外表气质来评价自己。

有人拿理想、事业来评价自己。

有人拿偶像来评价自己。

有人拿善恶、道德、修养来评价自己。

有人拿对信仰的忠诚度来评价自己。

有人拿个性的彰显和释放来评价自己。

还有人拿自己有多少粉丝，每天有多少点赞和评论来评价自己。

人拿什么来评价自己，便拿什么去看待这个世界。

人拿什么评价自己，什么便是他的人生营养，他便把什么当人生的意义。

夫妻也好，朋友也罢，所谓价值观相同，就是两个人自我评价的标准相同，价值观相同，方能一拍即合。

人们精神生活的核心内容就是不断地进行自我评价，每天与这个世界打交道的内容之一，就是自我评价，自我评价是人能感受到自己活着的基本意义。

有些人的自我评价是与他人比较，胜则乐，败则痛，这类人容易把自己在别人眼里是怎样的人当人生意义。

有些人的评价是与自己进行比较，希望不断地更新和超越自我，这类人把完善自我，成就自己当人生的意义。

以上说的都是人们活着的各种现象，无所谓对错。

不过每个人都可以反省一下自己的自我评价，弄清楚自己评价自己的各种脉络，你会发现：人生的快乐和痛苦都与自己的自我评价关联着，并且直接影响着自己的生活方式和人生追求。

不用把价值观理解得过于高大上了，每一个人的价值观都实实在在地存在着，价值观既生活，生活既人生。

你必须要领悟的：理解是一种过程

不要把"理解"这个词，理解成一种结果，理解为理解了某种答案和结局。

真正的理解表现为持续的、不间断的过程，表现为在这些过程里面，对人以及对事物的真诚。

真实是达成理解的入口，让人深入到事物的内部，与事物一同成长和变化，而虚假则让人游离在事物的表面，让人看见虚假的答案和结局。

我之所以不吃榴梿，因为我只从气味而不是味道去理解它，我把对榴梿的一个偏见当作是答案，我无法进入到它的生命，无法让它的生命在我的生命里进行转换。

理解是种从过程中产生的领悟力，这种能力又继续作用于接下来的过程。人不断地理解过程，理解让人更加的真诚，真诚又不断地提升着理解力，对于理解到的内容进行持续不断的修正，这是一种像流水一样的智慧。

越来越领悟到人在活着的时候，并没有什么真正可以称之为"答案和结局"的事物。过去以为的答案还在变化，过去以为的结局仍在延续，没有什么是真正可以被结束掉的，一阵风吹过来也可能把曾经断掉的事情，给重新续上。

这样的领悟总是会让我流泪，过去以为亲人的离世就是一种残酷的结局，现在完全不这样看，我每次想起他们的时候，都能感觉到他们还在身边，爱还在，爱还在增长，这样的爱会陪伴我到生命的尽头。

事物真正的结局，恰恰是人无法去真正理解的，比如生与死的终极答案，人根本没有机会再去理解死亡的答案，只能去理解生命的过程，去完整地接受唯一的答案。

一个人能够接受的事物越多，越是自由。每一种难以接受，都给自己竖起一道墙，墙竖得多了，不是迷宫即是牢笼。

我害怕自己的一生一直在迷宫和牢笼里，越来越觉得人生就是通过理解力化解迷宫的过程。

人到中年

　　人生最大的可能性，并不在年轻的时候，而是在中年；人与人之间的差距拉大的时候，也是在中年；真正决定人这一生价值的，也是在中年。

　　中年是人的觉醒期，每一个人在这个时期都得从面朝世界，转过身来面对自己，这个时期的痛苦不再是那些肤浅的痛苦，这个时期存在的疑问，不再是那些可以忽略不计、不再想要答案的疑问，似乎所有的痛苦和疑问都落在了"自己"这个语境上，从来没有如此的沉重。

　　人到中年，真相从四面八方袭来……

　　中年人之所以存在中年危机，所谓上有老下有小，所谓理想与现实，所谓的疲惫和变老，所谓的孤独与深刻……不过都是种种的表象，本质上是因为一个人经历了那么多的岁月，内心终于呈现出一个真实的自己来，轮廓逐渐分明，与现实，几乎格格不入。

　　人间所谓的深刻，无不始于自己可以深入自己，看见时光留在自己身上的启迪和刻痕。

　　于是，中年人开始发现：世界并不是自己以为的那个世界，自己不是那个自己以为的自己，生活不是自己过去以为的生活，婚姻也不是自己以为的婚姻，家庭也没了自己以为的永不落幕的温馨。

似乎身边的一切都碎了，也正由于这样的破碎，一个清晰的自己，从废墟中站立了起来。

多数人生的重大领悟都发生在阴影里，在阳光照不进去的地方。

中年人，往往都攒够了人生最多的阴影。

一个凸显的自己，让中年人第一次站在过去、现实与将来的节点上，第一次想从一知半解，到想要全解，想要透彻和澄明，想要让一丝光亮，从内心去照亮自己。

时间在前，感受在后，问题在前面，答案在后面，这句话就像是人生的诅咒，中年人正是从这样的诅咒中一路走过来。

年轻时的经历，真实地感受要等到中年才开始呈现，曾经以为荒芜的青春，忽然就感觉到丰盈；曾经的爱情，忽然就懂了其中的美好；曾经的疑问，自然而然就有了答案……

为什么人必须要经过了年轻，才能回过头去感受到年轻？时间在前，感受在后，人人都要经历这样的命运，没有人一开始就拥有自己，懂得自己，感受到自己，原来年轻便意味着人必须要错过自己，唯有错过自己，人才得以融入了这个世界。

人到中年，曾经的感受一一涌来，曾经的诠释一一呈现，这些昭示的不过是一个真实的自己，正向自己走过来。

于是，人到中年，人总是可以看见一个真实的自己，站在现实的路口，前面是将来，后面是过去。

时光的意义，清晰地展现在人面前，时间的觉醒带给人感受的觉醒，人第一次这么醒着，站在自己过去的人生面前，怀疑或是拥抱……

过去不是拿来否认的，否认自己的过去，等同于否定了自己的将来，看不见来路的人，同样看不清去路。过去一直在等待着和它的主人相认，人是在认领自己最不可能那部分的同时，看见自己最具备可能性的那部分。

人到中年，意味着人终于可以相认于自己的过去，也正是如此，却让人同时看见了一个想要成为的自己与现实中的自己的差距，看见一道沟壑正无情地纵横在自己面前，看见了一个本该充满了可能性的自己，正在被生活的浪所淹没……

这就是我！这个答案让人欣喜，又让人悲伤。

人到中年，有了一切都可以重来的资本，而这些资本，又同样是限制和牵绊。

被现实所包裹，还是去拥抱现实，人到中年，无奈感皆源自于此。

如此，中年之后不外乎两种结局，继续错过自己，或是成为自己。

我现在以为，恰恰是人到中年，才能真正拥有属于自己的梦想，这时候的自己，才能被称为自己，人生没有比"做自己"更大的梦想。

正是因为是梦想，才会这么难。

人到中年，总以为年轻时有几步路是很重要的；人到老年，就会感受到中年时的某个决定是最重要的；人到临死的时候，自己是怎样的一个人，才是最重要的。

多数人都是如此，多数人都逃脱不了"时间在前，感受在后"的诅咒，非得依靠将来的岁月，来给现在添加意义。

人到中年，如果仍然不能找寻到"现在"的意义是什么，如果不再有以后呢，如果一切戛然而止呢……

如果你是人到中年，恭喜你顺利抵达了中年。

你有可能开始拥有智慧，有可能会领悟当下，并且有了活在当下的机缘。

所谓活在当下的人，指能让时间和感受同步的人，是那种既没有问题，也无须答案的人。

人到中年，深知现在的生活来之不易，却不能完全完整地让自己投入生活，这不过是已经具备了觉醒的前提，自己还执迷不悟而已。

愿每一个活到中年的人，都是活出了当下意义的人，不再让自己错过任何快乐和幸福。

不识好歹，不亦乐乎？

越来越觉得欣赏是与任何事物相处最好的一种视角，也是还原这个世界真实面貌最好的方法，同样也是一个人善待自己最好的方式。

"欣赏"把一个人放在其最应该待的位置去看待这个世界，特别是一个人在经历了太多的复杂和怀疑之后，重新学会欣赏这个世界，这算是一个人的非凡之举。

你在赏世界，世界也在赏你。

当你打开欣赏的眼光之时，你会发现世界变简单了，自己也变简单了。

欣赏是一个像我这样的过来人，让自己对世界的感觉重新变得新鲜起来的唯一方式。

每一次欣赏都带给自己愉悦，欣赏就像是拥有了一颗时时刻刻的享受之心，没有比欣赏更容易的人生享受。

欣赏是不需要理由的，也不需要去说服自己，直接欣赏就可以了，就像我觉得自己的手长得好看，总把指甲剪得干干净净的，总是保持着手指时刻的清洁，看着它心里就很爽。

一个人内心装着太多"为什么"了，似乎每一个"为什么"都会让人失去一种欣赏，当我们对身边所有的事物都去问一句"为什么"的时候，欣赏就被完整地抹去了。

当欣赏消失的时候，厌倦就来了，人的内心可以装得下无尽的欣赏，却装不下太多的"为什么"，每一个身心疲惫的心，都是内心装着太多疑问句的人，每一个疑问，都会在内心留下一个肿块，让人负重前行。

失去欣赏，似乎是好多人生问题的源头，因为代替欣赏这个词汇的，无疑是放纵的欲望。

人一旦对于被任何事物都渗透一颗得失的心，欣赏这种语境就不复存在了。

人们太想去搞懂这个世界了，然而世界的本质是混沌的，每个人都弄得半生半懂，身体里装着半壶水在左右晃荡，人生也跟随着东倒西歪。

如果这个世界真的有什么深刻的话，那么所有的深刻也该是引领人们更好地欣赏深刻。人可以欣赏表面，也可以欣赏里子，深刻地认识自己，本意是为了能更深刻地欣赏自己。

欣赏是种接受，也是一种融合，我们说人需要完整地接受这个世界，完整地接受自己，欣赏是帮助一个人做到接受和融合最好的方式。

欣赏是一种让人重新变得干净的方式，人们在欣赏时内心没有任何冲突，唯有欣赏之中没有"为什么"，纯粹的欣赏带给人纯净的感受，当人仰望湛蓝的天空时，内心也一定是湛蓝的，欣赏清除一切杂质，就像是自己给自己家里做了一次彻底的大扫除，站在房中间，心中充满了洁净带来的满足感。

欣赏让人放松身心，欣赏总能带给人无拘无束的感觉，欣赏释放自己，给予我们的是一种自由。

欣赏可以把一个人的四周，都变成自己喜欢的事物，人若相信奇迹，欣赏很容易就可以让人活在奇迹里，人们常说"欣赏奇迹"，欣赏无疑就是奇迹本身。

若是你现在就抬起头来，以欣赏的眼光打量一下自己周围的一切，你会立刻感受到自身和世界的变化，你很容易就能体会到做回一个孩子的感觉，从一个孩子清澈明亮的眼睛里，你完全可以看见欣赏给予一个人的魅力。

　　我这样写的时候，也顺便检验了一下自己，连我自己身边的垃圾桶也是可以欣赏的，特别是最近还发现了它除开装垃圾以外的妙用。我经常摔手机，也经常找手机，现在我只要不用手机就随手把手机放在离我最近的垃圾桶里，这样既好找又不会再摔地上，垃圾桶竟然是一个又安全又方便的东西，哈哈哈，你们看，我又顺便欣赏了一下自己。

　　而与欣赏对立的，正是我们的偏见，我们的自以为是，我们的了解、理解，我们的傲慢和自负，我们的羡慕嫉妒恨。正是这些东西，掠夺了我们自己活着的快乐。

　　我想问，对于这个世界，我们除了欣赏又还能做什么呢？

　　欣赏，一种如此简单易行又饱含营养的快乐，能够在人们的生活中消失，这实在是非常的荒谬。可偏偏有很多人已经很久没有欣赏过什么事物了，他们与事物之间的关系，要么是已经拥有，要么就是在想要拥有，其他的关系竟然全无。

　　讲一个大实话，过去我见到美人就想拥有，心里总会产生各种各样复杂的情愫，内心灰暗甚至是阴暗。现在换上了欣赏的视角，与别人的交往，既轻松又自在，不再自寻烦恼，这真是种奇迹，我不仅仅学会了与自己的欲望和谐相处，甚至还可以欣赏它们，我认为自己找到了与这个世界最好的相处方式。

　　人和这个世界最好的关系不就是欣赏这个世界吗？人和自己最好的关系不就是欣赏自己吗？人与人之间最好的关系不就是彼此欣赏吗？

处理好这三种关系，人生还有什么问题不能解决吗？

原来最好的真理如此朴实易行，打开欣赏的眼光就行，一个人的欣赏能抵达怎样的境界，这个人就活在怎样的境界。

对则赏其对，错则赏其错，美则赏其美，丑则赏其丑。不识好歹，不亦乐乎？

看看世间万物，彼此欣赏，从不崇拜。

学会爱上一个不好不坏的世界

一个人得花掉大把的时光，去追逐好的事物，甚至可以去喜欢带着点坏意的事物，这样走过大半辈子，才有可能接受不好也不坏的事物。

不好也不坏本是人们活着的基础，像大自然一样，你不能去说：一棵大树是好的，而一株小草是不好的。

人们不能认同这个事实和基础，一心想要挣脱这样的事实，让生命在某些方面，呈现出所谓的好的意义来。

人们这样描述和夸奖事物："没有什么东西是完美的。"

这表面上是引导人们去接受事物的缺陷，实质上却在否认事物并没有好与坏的事实，自欺欺人地说："你看，它只是有一点点缺陷而已，你应该很满意了才是。"

可是世上并无没有一点点儿缺陷的事物，好与坏都是人们的偏见。

我看到自己这样子一路走来。

有一天，我发现自己无法改变，也无法战胜自己的缺点；再后来，又发现了原来接受它们就是战胜了它们；等到现在，当我完整地接受了它们之后，才发现自己根本不存在所谓的缺点。

原来，人生最大的骗局竟然是：我身上有好与坏，我有优点，我也有缺点。

狮子吃掉羚羊，谁有缺点？什么是好坏？道理如此简单，我竟如此愚蠢。

其实也不需要自责，我们从小就是被"好与坏"教育长大的。

老师在期末的成绩单上，总是写着：优点……缺点……然后我就带上这些被烙印上的优缺点，活了大半辈子。

好希望现在的家长和老师，在面对孩子所谓的缺点之时，可以告诉孩子："只是你的个性让你在做这件事上，没有优势。但是你也可以做到别人做不好的事情。"

这样的话，如果说的人多了，真的足以改变这个世界。

承认并接纳世界的不好也不坏，恰恰可以呈现出一个生命的意义。我想人们都误解了爱，爱的本质，首先是否应该是无差别地接纳这个世界。

一个人如果没有好与坏的视野，将看到一个怎样真实的世界？

什么是善的，什么是恶的，大自然里，可否能举出一个案例来？

生如果是好，为什么被人们称为苦难，为什么说生下来就有原罪。

死如果是坏，为什么要说重生，为什么要说轮回？

昨天是好还是坏呢？今天呢，明天呢？

你凭什么去挑剔这个世界，并且还可以在好里挑出更好来？

是对于自己的好，还是对大家的好，还是对于地球的好？

大海里有被淹死的鱼吗？它可以挑剔岸吗？北极熊可以挑剔夏天吗？

你可以挑剔阳光、雨和一场大雾吗？你无法挑剔一朵花开得还不够美好，你应该同样无法挑剔一个生命、一段过往和一个人。

好与坏的挑剔，总是让人与"坏"相遇，总是与残缺相遇，与伤感、忧郁和报怨相遇。

爱在人们心中，是种无比真诚的感觉，它需要匹配的是一个真实的世界。

没有天堂，你找地狱给我看看。

不妨试试退出所谓以"好与坏"区分的世界，拿出一段日子，还原一下没有好坏的自己再开启新阶段，对于人来说，还原一个真实的自己，比升级更容易找准自己在这个世界的位置。

如果你只从狮子追逐羚羊中看见杀戮，而看不见大自然的和谐和平衡，看不到平衡的意义，你看到的越多，越糊涂。

究竟什么样的人，可以相伴一生？

首先，这其实是一个伪命题。

我可以非常肯定地回答，"陪伴"这个词的任何语境都是人生的误区，本质上最好的陪伴是自己陪伴自己，你若是可以完整地陪伴自己，你便是一个圆，一个圆可以陪伴任何事物，像是地球可以伴着太阳、月亮、星子，伴着整个银河系。

陪伴的本质，是人性需求的一种缺憾。人觉得自己缺着点什么，自己不够完整，因此才需要寻找另一个人，寻找身外的事物来填补，这才有了所谓陪伴的需求。

缺憾感的本质，是人类对自身的谬误解读，人们一生都能感受到自己缺点什么，但没有任何一个人可以明确说出自己缺的究竟是什么，更无法明确自己喜欢的另一个人身上拥有什么，可以来弥补自己的缺憾。

情感真的能填补人生的这种缺陷感吗？

暂时可以，长期却不能。

欲望的满足能填补人生的缺憾感吗？

暂时有满足的可能，欲望的存在永远都是长期的饥渴。

信仰可以填补人生的缺陷感吗？

我认为可以，取决于人的信仰是什么，以及对信仰的笃定可以抵达怎样的程度。

正是如此，我认为真正能陪伴一个人的，其实是一个人的精神归宿，人可以通过某一种精神归宿，抵达圆满的状态，我相信一个人可以通过认知精神上的自我，到达这样的圆满的状态。

无论一个人找到怎样的另一半来陪伴自己的一生，所能抵达的最高境界只是让情感上有了一定程度的归属感，我之所以用"一定程度"这种限定，是因为在现实生活中，并没有完美无瑕的情感归宿，人类的情感是种永无止境的感性世界，况且，任何人都无法将自己的情感，完整纯粹地托付给另一个人。

其次，究竟什么样的人，可以陪伴一生？

虽然我认为这是一个伪命题，但仍值得往深处去探寻真理。

人需要陪伴，这只是人们看待自己的一种视角，就像每个人都在寻找自己的人生价值一样。价值也不过是人怎么看待自己的视角，包括人类需要爱，需要工作和事业，需要家庭和亲情，需要社交和获得别人的认同，需要成就自己，需要感受到幸福和快乐……这些都归属于人类看待自己的视角，完全是同一件事的不同的解释。

人生是向着自我圆满出发的漫长旅程，所谓的圆满的本质，就是人可以完整地看见自己的生命，把自己的一生，最终解释为美满的一生，不虚此行的一生，这说到底，不过就是一个人对自己的评价和审判。

在这种过程中，人们无法封闭着自己去认识自己，只能通过与身外事物的接壤来认识自己，只能通过去认识世界再反过来认识自己，只能通过各种追求来认识自己……在漫长的人生旅程中逐渐形成看待自己的各种视角，抵达自己与自己的和谐关系。

人遇见不同的事物、不同的人，对于人的自我认知产生不同的价值。

在这里，我想强调一种最重要的观念，与任何人、任何事物接壤，都在帮助一个人认识自己，这才是人们与外面的世界打交道的核心意义。

人什么时候开始持有这样的观念，去与世界和自己相处，算是真正摆对了自己的位置，算是生出了真正的人生智慧。唯有在这样的观念之下，人才不会辜负任何的遇见，珍惜我们常说的各种缘分。

人们并不擅长从时间的长河里去看待自己，在成长的过程中，因为人只能拥有阶段性的视角，所以会产生遇见了"对的人"或"错的人"的认知，一旦放在更长的人生旅途上去看，错的，会变对，对的，也可能变错。随着人对自我认知的增长，对错的标准会发生巨大的变化。返璞归真的老人们，之所以不会以对错去看待事物，正是因为他们拥有了岁月带来的更完整的人生视角。

我以为自己在此生遇见的任何人，都可以说是对的人，同样，也都可以说都是错的人。

找一些长期生活在一起的中年夫妇，看看有几个人可以斩钉截铁地站出来说，自己遇见的人是对的人，相信他们无疑同样经过了曾经以为是对的人这样的过程。若是能彼此相伴走到年老，一些人看法又会发生改变，这不过是因为人一旦步入老年，"伴"

的意义已经比"合"更重要，争吵比孤寡更容易被忍受，人已经学会了豁达和宽容。

人是变化里的人，漫长的人生岁月，你以为的人渣可能会变成别人的好丈夫，你现在以为的好丈夫，仍有一半的可能，会在某一天离开你。

我们自己也会变，我们甚至连自己的变化都理解不了，又何以去理解别人，又有什么理由去抱怨别人。

与任何事物的触碰，都可以让人去认识自己，做对或是做错的事情，都同样可以让人认识自己。

所谓合拍的人，让人认识和谐时候的自己；所谓冲突，让人去认识自我冲突时的自己。

争吵时，可以看见讨厌的自己是怎么样的；甜蜜时，可以看见可爱的自己，长成什么模样；分手时，可以看见自己人格的阴暗面，究竟站在哪一个角落里；厌倦时，可以看见一个长期没有获得更新的、自我厌倦的自己；失去了做爱的激情，可以看见自己的性欲，不过是动物世界里，一类繁殖后代的、伟大又廉价的天性……

人生是一场认识自己的旅程，一切皆是认识自己的手段和过程。

每一个向外寻找过自己的人，都只能找到一部分自己，剩下的自己，得靠向内去发现。每一个人在年轻时的眼光都是向外看的，评价看见的一切；每一个中年人开始向内看时，才懂了照顾自己的心灵，去逐渐发现什么是精神圆满，并开始探寻信仰的意义。

在这个变化越来越快的时代，婚姻制度的本身已经受到了挑战，该是到了反省一些人类看待自己的视角是否还有现实价值的时候了。所谓寻找到自己的另一半，也许就是人间的一种谬误，特别是对于年轻人，不能把陪伴当目的，至少陪伴不应该是年轻人的目的。或许应该把"你是我的镜子"当目的，你让我看见了更多的自己，你让我的人生更加的精彩，那么这个人出现在自己的生命之中，才体现出了真正的意义。

与其说我们一生遇见过太多的人，留下了对别人的评价，还不如说，我们给自己累积了太多对当时的自己的各种评价，正是这些自我评价，让我们知道自己的人生，是怎样一路走过来的，也才知道自己该如何走下去。

我之所以写这篇文章，是因为看见女儿在微信上转发了一篇同样标题的文章，她的评价是"这个值得认真思考……"，这篇文章我只看了一半，后面的案例我没看，然后我告诉女儿，这里面的内容多数都是在误导年轻人。

首先，文章里面只有"术"而无"道"可言。其次，文章里"术"的内容也只是一味地教人怎么"遇上对的人"。这是种充满偏见的自我视觉，忽视人在成长过程中的变化，把责任都推给"没有遇对人"，逃避自我反省、自我认知的责任，好像人们遇见什么人，自己有得选择似的；好像人们在遇上一个人之前，可以预先知道这个人的人品、性格、价值观等似的；好像每个人在恋爱时都知道自己和别人，究竟是怎样一个人似的。这些状况在现实生活中，根本就不可能发生，年轻时候谁不是莫名其妙地就遇上，莫名其妙地就喜欢，然后莫名其妙就在一起的。人生只能去把握事情的过程，未必可以去掌控开始和结局，现在有太多公众号在发这种事后诸葛亮的文章，非常容易误导年轻人。

那么，究竟该与什么样的人相伴一生？

我的回答是：不要去苛求相伴一生，我喜欢能让自己看见更多自己的人，并且还应该以不同的年龄段去看待。

如果你是年轻人，我只是建议你别急着找什么"相伴一生"的人，这样的目标其实遥不可及，要找那种让能自己感觉到自己是在精彩绽放的人，任何看不见自我、迷失掉自我的恋情都不值得挽留。

我提倡男女平等，年轻人让自己拥有更多爱的经历，没有什么不可以。

如果你是中年人，我建议你一方面珍惜眼前人，另一方面去自我修行，要自己去修自己的圆满，这样才有可能与伴侣相互成就。

至于自己，我感恩过去所有的遇见，我现在仍把自己当年轻人，哈哈哈！

我终于学会了生活

我知道自己按现在的生活方式和生活内容一直生活下去，会成为怎样的人……

我知道自己只要喜欢现在的我，就会喜欢将来的我；只要现在的我很快乐，将来的我就会更快乐；只要我对当下满意，我就会对接下来的更满意……

我终于知道了，有什么样的生活目标真的不重要，当下的生活是什么才重要。

若是生活中缺少点什么，我就添补点什么，若是多余了什么我就去掉点什么。

我对我来说是够的，我对于生活来说是够的，我对于世界来说也是够的，它们对于我，也是满足的，我们彼此给予了彼此最完整的，我们感恩彼此。

我对每一个清晨说"您好"，我对每一个夜晚道"晚安"。

我对一切都微笑，我看见一切都在对我微笑。

我不再想着要离开，也不再想着要回来；我不再写作，也不再不写作。

我知道什么会离我而去，什么会留下来，我不对时间上的事物做任何的挽留，包括不对时间上的自己做挽留。

我不挽留人，我只挽留永恒的心灵。

我在向一棵树学习，学它在黑暗中的部分，在阳光下的部分，在四季轮回里的部分，在身体内流淌着的部分……学习它的过去、现在和将来，树的过去长在枝叶上，树的将来长在根系上，学习一棵树，把自己的一切都奉献给现在。

树每时每刻都在更新自己，自己也更新着每时每刻。

若是这棵树明天就会被砍伐掉，它今天仍像往常一样生活，因为它已经抵达了自己最好的生活。

我终于明白了，爱、家、生活、世界、心灵、大自然……不过是同一件事物各种不同的名字。

我靠这样的明白而明白了生活，也终于学会了生活。

| 第三章 |

研磨孤独，享受自在

改变自己究竟得有多难

　　某一件事情带来某一种感受，感受引起大脑做出某一种判断，判断给事情贴上某一类标签，标签对应着产生某一类情绪，情绪引发起某种习惯性的行为。

　　从感受、判断、标签、情绪，到行为，一个人所谓的自我，其实就是这样的一套对待事物完整的套路。

　　每个人对于这个世界的感受本来与他人大相径庭，无奈这个世界多数的标签都相同，人们因为标签产生的情绪相同，情绪导致的行为相似，这让一个本该丰富多彩的世界，越来越让人感到乏味。

　　大脑从来不经自己的同意，就可以把某种感受归类于某种观念，再由观念来给出判断，以某个习惯性的标签来定义自己感受到什么。人还都很相信，这些被标签化的感受是生活真实的乐趣，虽然乐趣越来越小，失去得也越来越快，却从未有过怀疑。

　　漫长的岁月给一个人留下的，其实就是这样一套乏味的思考和行为逻辑，任何一件看起来不太一样的事物，到后来都发现是重复的；任何一个有趣的开始，竟然都会以同样的方式结束。标签还是那些标签，情绪还是那些情绪，行为还是那些行为，张三到最后肯定遇见了王二麻子，每个人都活在思维和行为习惯的惯性里。一年又一年，随着年龄不断增长，这个套路除了运用得更加熟练、越来越坚固、拥有更多的标签之外，人生真的还可以迎来什么新意吗？

标签虽然说只是大脑中的思维运动，但是它们和现实中的行为一样会产生后果，掌管着人对于现实世界的感受，像望梅止渴这样的事情其实经常在发生，甚至比真正吃到梅子还要解渴。有些标签产生的影响，比真实的言行对于人更具杀伤力，不然，人间就不可能有精神抑郁、精神分裂这样的疾病。

人活在这样的套路里，不断地把自己和这个世界标签化，一个人想要改变自己的命运，难乎！

我活在大山里不再与人接壤，过着极致简单的生活，这些年来确实帮助自己清理掉了很多不良的习惯，也解除掉了很多的烦恼和痛苦，若是只从行为习惯上去看自己，似乎已接近是一个圣人，但能平静下来的人欺骗不了自己，脑袋里仍不断地出现各种标签，经常与自己的实际感受纠缠不清。

独自生活，管理自己的行为相对容易，要清洁自己的大脑，管理好所谓的标签，还自己一个生动有趣的世界，这真是不容易。

一些念头说来就来，却不是说离开就能让它离开，我从一开始抗拒它们，调整到逐渐接受它们，到现在与它们达成和解，可谓是小有所成。但越是蔚蓝的天，飘来一朵云就越明显，何况一朵云也有可能演变成阴天，我还做不到去拥抱这种阴霾天。

其实大脑里的恶习真是挺多的，早晨起床看见阳光，今天一天都会是好心情，若阳光还能延续到下午，再出门去爬爬山，在炫目的光影中穿过森林，把大自然的美好都收拾进心里，晚上再美美地睡去，这一整天人都是愉悦的；若是一个阴天，要出门去亲近大自然就变成了偶发事件，看黑白电影对于我确实少了很多吸引力；若今天是一个下雨天，出门是不太可能的，这一整天有可能完全没有源于大自然的愉悦心情。

这座大山一年有一半的时间是阴雨天，意味着我有一半的时间都不怎么拥有大自然的好心情。城市对我是一种牢笼，现在大自然竟然也是一种牢笼，这么多年，我不过是换了一间更大一点的牢房，仍然在自以为是的"标签化生活"里活着。

对于一个天生敏感细腻的怪物来说，我也经常会有在下雨天也觉得美好的时候，蒙蒙的细雨，山上变幻莫测的云雾，从森林深处传来略带点神秘感的鸟鸣，窗外的风景没有一分一秒是重复的，这让我无数次发现大脑是错的，它拿晴天、阴天、雨天来标签化我的岁月，我已经心甘情愿与这些标签朝夕相处了半辈子。

活在标签里真的很让人厌倦和乏味，不断遇上重复的自己会让人越活越感到没有意义。

这些年偶然体验过一些没有被标签化的愉悦，生命似乎给我打开了另一扇门，我相信人若是能改变大脑里的恶习，每每去掉一个都宛若重生。

　　曾经以为能继续纠缠我的，皆是还没有领悟到源头的。我现在已不这样看了，这些年自己的领悟已经抵达了应该抵达的位置，内心已经拥有了清晰的脉络。我知道自己任何情绪和痛苦的来源处，也知道自己的问题所在，虽然能够化解，并且化解的速度也很快，可是它们仍源源不断地到来，这种自我的套路依然存在，思维习惯所产生的惯性还在，拿一时的领悟来抵抗几十年形成的思维惯性，无疑是在给自己制造内心的别扭，去挑战过去时光所形成的自然习性，拿冲突去改变和谐，这个似乎也太难了。

　　若不能在自己的思维习惯上做一些手术，下手不够狠，改变自己是不太可能的，改变的前提是先破坏，制造更激烈的冲突，破坏的前提是敢于面对破碎的痛苦，勇敢去捡拾那些锋利的碎片，头也不回地全都扔进垃圾箱里。

　　现在我真的想把大脑丢进垃圾箱里，我下决心把"自我的套路"一并丢进去。

　　怪不得自己这段时间这么痛苦，原来是和大脑较上劲了，原来是与好不容易得来的平静又较上劲了，几年了，像是又回到原点，一切还得重新来过。

　　今年，我想多拿出一些下雨天出门去看看……

在大山深处独居的乐子

走路是不用看红绿灯的，也不会担心边走边发呆会被撞死，走快走慢都是自己的事。

道德、善恶、教养……都滚一边去。看到漂亮的花草，可采也可以不采，反正随心。

采的时候，如果心里生出点自责来，就让采与不采自个斗争去，手如果伸出去了，一定是要采的。

偶尔的纠缠，似乎在点赞自己良心未泯，我视此为乐子。

我为此专门买了一个大花瓶，大山里没有花店，想必这花花草草，我是一直会偷下去的。

隔三岔五就可以偷点什么回家，又是好大一个乐子。

拿着大把偷来的花

在路上走

用花遮住半个脸

我和花都是害羞的

我羞于偷

花羞于被我偷

原来

偷也这么快乐

此时的善是真善，此刻的羞，也是真羞。

生活在大山深处可以帮人去掉所有的枷锁、面具和伪装，这确实是一个"撒一泡尿，就可以照照自己"的地方。

可惜，我不能像一些动物那样，以撒尿去宣布"我的地盘"。可以随意排泄系统废物，一出门就变成另外一个系统的营养，又一件乐事。

每天爬山，一路上都是手舞足蹈的，能看到形之声音，能听见音之形状。一切都发生得自然而然。不过如果有人看到我这样的举止，一定把我当精神病人看待，这也是自然而然的。

虽然都是自然而然，唯有前者可以理解后者的自然而然。

观世音又谓之观自在，人们想见到观世音，却怕看见自由自在。哈哈哈，妄想症。

下山时，是一定要把又唱又跳收拾干净的，不是担心别人怎样看我，是担心吓到别人。

这么小一个镇有一个病人，一方面影响和谐，另一方面，大山是不出产精神有问题的生物的，千万别弄坏了一座大山的名声。

维护大自然的声誉，又一件乐事。

山上用钱的时候真的少之又少，经常出门都会忘了带钱，临回家要经过小镇菜市场，又难免突然想起要顺点什么回家。

东西都放进袋子了，"呀！忘了带钱。""没关系……"确实太熟了，什么时候都行，下次再来买东西的时候，总要故意再多问上一句："我的账清完了吗？""清完了！"嘻嘻，自己得意自个的，又一件乐事儿。

昨天回家时，遇见售楼部小仙女带着客人看房，手里拿着好大一串钥匙。

问："还有这么多房子没有卖出去呢？"

答："是啊，我这手里就是一个亿呢！"

自己暗暗寻思，别人买下这里的房，一年就住一个月，我住的是一年又一年，赚翻天了哟！

暗喜，又一件乐事。

自己喜欢唱歌，自从手机里有了什么"唱吧"，什么"全民K歌"这类应用软件，就经常唱得不可收拾。

在首都时玩唱吧，经常被邻居敲门，晚上八九点钟被敲，星期天大白天也有人敲，躲进卫生间里唱，还是被人敲，一个大喜好就此被抹杀掉。

山里可不一样，想唱就唱，唱得响亮。

又好大一个乐事。

世上只有一种真正的奢侈，就是在自己每天重复的习惯里，不断地遇见美好。

熟悉的诅咒

人生被"熟悉"两个字所诅咒，多数人一辈子就只做了一件事情：把想要的东西变成拥有的东西，再把拥有的东西变成熟悉的东西，再把熟悉的东西变成习惯里的东西，再把习惯里的东西视为熟视无睹的东西，再无视一切变化，让自己活在对自己、对世界的偏见里。

山里有好多的栈道，有在森林里穿行的，有沿着溪流行进的，有蜿蜒连绵在山脊的。

每条栈道我都走过无数次，次数多了自然就有了习惯，比如总是从某一个起点出发，沿着同样的方向抵达终点，再从另外的路返回家。一年四季，春、夏、秋、冬，从春天的翠色走到夏天的繁花，从秋天的落叶走到冬天的白雪，五个年头这样走下来，每条栈道两旁的风景，我自以为已经很熟悉了，森林栈道里住着几家松鼠，溪谷栈道有几只野猫，我都知道。

某一天突然心血来潮，在一条熟悉的溪谷栈道，从过去的终点开始出发，反方向走向过去的起点，一走进栈道，过去自己很熟悉的风景，立刻陌生了起来，在某些地段竟然怀疑自己从没有来过，在某一个交叉路口，我竟然需要停下来判断该往哪个方向走……我很难相信，一条无数次走过来的路，现在反方向走回去，感受竟然是天壤之别。

不能说自己在过去散步行走的时候，没有回头望过一路走来的风景，按理来说换一个反方向，路上的风景也是同样熟悉的，可是完全换了一个方向这样一路走下来，双眼所见的竟然与过去大相径庭，这既让我惊喜，又让我觉得悲哀。

我以为自己现在身上最好的习惯，就是可以让自己随时停下来，去观察、去深入、去欣赏和发现，这个习惯也确实让自己受益良多，看见了太多过去看不见的风景。

可是，现在只是换了一个行走的方向，重走了一段已经走过无数次的路，就又把"自以为是"这四个字再次羞辱了一遍，这不得不让我感觉到悲哀。

也只是换了一个方向，我便能在熟悉的地方，又有新的风景可赏，似乎又遇见了一个陌生的自己，这又是让我觉得欣喜的事。

这么看来，我以为熟悉的自己，里面又还有多少水分和假象呢？人生一辈子，会误解多少熟悉的人，多少熟悉的事呢？人与风景之间的认知关系都可以是这样，就别说一个人对于另一个人的判断了，熟悉怎么就活生生变成了误解的同义词呢？

熟悉的都变成了黑白色，陌生的都色彩斑斓。我们的一生，因为熟悉而忽略掉了多少的风景。

我们自以为的熟悉，恐怕是这一生拥有过的最多的东西了，它们竟然成了欺骗自己最多的事物，熟悉无所不在，不管是曾经在一起生活过的人、走过的路、做过的事，还是热爱过的那些风景。

在大山里生活了这么多年，我仍然在这个诅咒里，"熟悉"

仍然可以蒙蔽我的眼睛。

从陌生到熟悉，又从熟悉到陌生，哪里有什么真相呢？人生所能及的，不过是不断地接近事实，接近真相罢了。

所谓的深入自己，不过是主动给予自己一个新的视角，让熟悉的重新变成陌生，让自己在熟悉与陌生中不停地轮回，人只能在这样的轮回里修行和成长，

人一旦学会敬畏自己，就会发现"超越自己"这样的说法是欠妥的。要明白，人生在认识自己和发现自己的路上，都是没有止境的，要说出那一句"这就是真正的自己了"，真的不知道要蜕去多少层皮。

原来，熟悉的我一直在等待陌生的我，我想成长而非重逢。

生活似乎并没有这样的机会，让人换一个方向，再走一次，所有的一切皆有去无回，人间哪有一步一回头的人呢！

山居日志·一

昨夜醒来好几次……

第一次醒来是因为打雷，并且是紧连在一起的两个炸雷，第一闷声就给惊醒了，恢复了朦胧的意识，紧接着第二声巨响，直接把人的意识带入极端的恐惧之中，我觉得自己身心都战栗了一

下，意识里有种极度孤独的悲伤，人从这样的悲伤里完全地清醒过来，大脑迅速地运转，恐惧和悲伤都立刻消失，恢复内心的澄明，拉好被子，再度入眠。

第二次醒来是因为蚊子，叮咬在手臂上，从刺痛中醒过来，发现自己睡觉前忘记插上灭蚊器，赶紧插上，赶紧再次入眠。

第三次醒来还是因为蚊子，叮咬在脚背的某处，醒来后人显得有点疑惑，打开灯直接起床，环顾四周，心想自己是不是忘了换灭蚊药片，于是重新换上一片新的，仍不放心，在床头柜里找出第二个灭蚊神器，再点上一个，看我弄不死你们……

回到床上，关灯躺下，似乎想要再想点什么，又确实无事可想，只能再度入眠。

早晨醒来一看时间已经九点半，平时都七点半自然醒，看来睡眠自己给自己补足了两个小时，这非常科学。

乐之。

2018 年 9 月 3 日

今天中午出门吃饭，一碗面还没有吃完就下大雨了。

吃完面专门搬一个小凳子坐在店门口，只为听雨看雨，我无事可为，盯着地面上溅起来的一朵朵水花发呆，看它们跳跃着，似乎用尽所有的力气向上，此起彼伏，绽放得密密麻麻，看得久了便容易融入，仿佛是某种幻觉，像是置身于另一种有生命的花海，地面是黑色的，水花是浅白的，不像是天上掉的，而是地里生长的，花朵儿越开越大，越开越多，灵动得像是一大群和在我玩耍的精灵。

突然有了想淋一场大雨的冲动，这样的疯狂距离上一次，好像已经过了很多年，内心迅速地计算着关于代价方面的问题，身体没事，衣服湿透了也没事，别人怎么看待我，似乎也不是事儿，然而突然想到了手机，立即偃旗息鼓，原来，我仍是有牵绊的人儿……

人生在世，遇上事或是遇见自己，终归还是人说了算，事胜于人叫遇事，人胜过事叫遇人。人无法同事商量，人只能与自己商量。

我与自己不过是商量了一场大雨……

一个人来这个世上，若是连大雨都没有淋过几次，特别是那种泪水渗着雨水的时候，也甚是可惜。

心仍在花海，也罢。

2018 年 9 月 2 日

看不见的风景

又一个春天到了，能感到自己看见的风景比去年更多了，虽然还是同样的大山，同样的森林，同样的溪流栈道，我不仅摆脱了那种"长期生活在风景里，便再也看不见风景"的魔咒，还仿佛觉得自己就像是又一个春天，拥有那种把风景诱惑到自己周围的神力。

看着阳光把天上的乌云变白、透亮，驱散成云朵，最后彻底地分解成紫烟而变成万里晴空，一壶酒已经喝完了，半醉。

春天的大自然，二十四小时都醉着，我只能偶尔同醉。与大自然醉在一起的时候，算不上是人，会失去所有关于人的身份，比如像"我"这种语境的身份，也包括像"年轻""老"和"性别""成功""失败"这样的身份。一个孩子，其实真还算不上是人，只能算是一个特别美好的、憨态可掬的小动物。

人无法把大自然的风景，变成熟视无睹的私人财产，这样才可以看清楚大自然，深入大自然，感受季节中动物和草木生长的变化，透过这样的变化体会到自己心灵的变化，心变了，人也就变了，人若不变，在旧地点是看不见新风景的。

若是能够长期观察大自然，便容易发现自然风光总是实实在在的，容不得自己有太多想象的成分，孔雀松的松枝确实像孔雀开屏时的羽毛，但绝不是孔雀，我也无法把整个森林想象成漫天舞动的孔雀屁股。

初春的暖阳下，一些昆虫开始了它们一日游的生命，早上出生，晚上便会死去，虫子们生于自然，也归于自然，我身体的归宿同样是大自然，我精神的归宿仍然是大自然。

忧伤是人们读懂大自然和生命之美的另一个重要因素，也是人类审美的一个重要视角，没有体会到忧伤的美，似乎算不上是完整的美。

就像是孔雀松很美，虫子们却很忧伤，偏偏要合在一起看，大自然才够完整和实在。

大自然的风景变幻，也可以称之为在验证自然界的秩序，春天应验着春天该发生的一切，冬季便发生冬天该发生的一切，漏掉一桩一件都不可能。

若是山巅的白雪积得太多，时间太久了，等春天冰雪融化之后，便可看见积雪线以上的森林呈现出枯黄色，与没有积雪的森林形成强烈的反差，这是被冻的。也许这就是常年积雪的山顶无法生长出植被，总是光秃秃的缘由。这不是我的想象，而是正常的推理，那些天雪融化后突然看见山顶黄了，过去没见过，先是吃惊，然后想了一想，没有什么生命可以冻在冰雪里一个月不"黄"的，于是释然。

其实，从大自然如此现实的风景里，我还获得了大量关于人生现实的推理。

在山里最能体会到那种远看是云，走近了便是雾的感受。大自然里任何一个极简单的自然现象，只要探究，足够帮助一个人，去领悟自己的一生。

我是一个喜欢向自己提问的人，过去自己解答，现在基本上都由大自然来给我解答。我不知道是大自然给我呈现了太多的事实，还是随着年龄的增长，可以看见更多的事实。

但我确定与大自然亲密久了，人会变得更加灵性。

灵性和悟性，都是能让人感受愉悦和幸福的能力，也是种能对抗世俗的能力，一个来自大自然，另一个来自文艺。

一种是看得见的风景，另一种像是看不见的风景，文艺是人们丰富的想象力，两种风景互相滋养和促进。

我以为人生中看得见的风景与看不见的风景之间的关系，可以去诠释人生究竟是怎样成熟的。

举一个例子，在人与人的爱情里，想象力的成分会多一些，人们在恋爱时会想象自己与爱人之间的各种美好，想象自己为了爱情的各种付出，想象自己因为有了爱情而被改变的幸福生活……

想象力是平凡人的英雄梦想，可惜，这些想象出来的事情，在现实中其实连自己也无法都做到，因此，这样的爱情一旦触碰到现实，只能短暂地依靠激情才可以存续，激情一旦消失，爱情也就没了踪影。

这其实叫：由看不见的风景，决定了自己所能看见的风景，由原本根本不存在的东西，摧毁了本该存在的东西。人们却因此而得出结论：爱情根本没有自己想的那么美好！

看看，从这句话里就可以看出人类的思维多么荒谬！

再举一个例子，比如我爱文学，那么现实的成分会多一些，这些现实由自己每天的阅读习惯和写作习惯所构成，里面全是真实存在的、可以做到的自己，因此我完全相信，自己可以和文学手牵手走完一生，并且能够以文学来成就自己。

这是由已经看得见的风景，去决定自己将要看见的风景。

这两个例子的比较，自然可以看出端倪，人们要想看见更多的风景，就在于把自己的现实放入真正的现实里，放进大自然的秩序里，再在现实之中，以行动去求得自己的更新，从而可以看见更多的风景变化，由自己实实在在地存在，去决定自己将来的存在。

毕竟，只有存在的，才是真实的，这是大自然里的风景，告诉我最多的东西。

人们在年轻的时候，想象力总是出类拔萃的，没有什么是不敢想象的，总是相信自己可以见到更多更好的事物，所以，很少有把眼前的事物当成风景看的时候。

年轻的时候，人对不同寻常的事物才能保有兴趣，而成熟，则意味着人要从平凡的事物中去看见不寻常，这样才可以去深入这些事物。

平凡里的不寻常，往往才可以触碰到人的灵魂。其真正的意义在于，每个人对于自己来说都是平凡的，人们通过对于平凡生活的深入，得以深入认知自己，在平凡的自己身上，再看见自己的特别之处。

人贵在于接受事实，才可以充分利用事实，特别是关于自己的事实，并且能把自己的现实视为风景。

人生若是不能从平凡之中去深入，大概就是我前面说的：长期生活在风景里，便再也看不见风景的魔咒，人会觉得自己活在冗长无聊的人生里，乐趣全无。

这是人间最普遍的毛病。

其实，大自然的风景，天生更像是人们的家长，不仅可以滋养人，还铁定可以教育人，并且一定是那种不偏不倚、不会滋生偏见的教育，人不能只通过文学和艺术去感受大自然，应该去接受这种面对面、一对一的极品教育和灵性的启迪。

大自然的精华，在于随时随地呈现的皆是现实，是现实中存在的、最美的风景。

人们在年轻的时候，由看不见的风景，影响到自己看得见的风景，这是必须要经历的成长过程。

而所谓的成熟，应该是指人可以看见"现实这一道风景"，再由这些已经看见的风景，去决定将来要看见的风景，这样，我们才能称为真正的成熟。

你们真正看懂了现实这道风景吗？没有，多去看看大自然，看看那些一日游的蜉蝣生命。

冬日阳光

一座山长得太高了，总是可以自成气候。

峨眉山这大片的土地，想来也是有自己的气候特征的，只要人走进山里，到处都能听见汩汩的溪流，泉水从山巅流淌下来，流过山涧和森林。溪流半途就化进了植物的根，长成了花，变幻成叶，再变成水气，水气再变雾，雾变成云，云则成为气候。

水多，与水相关的一切也就都多，雨多、雾多、霜多、雪多……

也不知道是溪多雨才多，还是雨多所以溪流才多，想来它们是不分因果的。

每年到了冬季，山里阳光就稀罕起来，有时候一个月也见不得面，即使是早晨起来阳光扑面，万里无云，但不一会儿便能看见云从山顶上无端地升腾起来，由几朵变成几十朵，由白云变成紫云，再变成乌云，还没等到中午，又恢复到一个日常的阴雨天。

山里冬日的大晴天是一只手也数得清的，若是等到上午十点钟左右，山顶上还不见云雾跑出来，便意味着我今天有太多的事要赶紧去做。

第一件事就是洗衣服，洗衣机里早已堆满好多的衣物，一直等待的就是这样子的大晴天。在山里缺少了阳光，衣服是干不了的，不仅晾几天都干不了，还会弄出一点异味来，搞不好就得重洗。

第二件事就是晒被子，虽然冬季里我每天都会用电热毯烤被子，但我总觉得被太阳宠幸过的被子会有一股阳光的味道，特别像儿时家里的那种味道，似乎那个时候的太阳，才算是真正的太阳。

等我把洗好的衣服晾晒好，第三件事是我一定会拿着相机出门的，也不一定是要拍什么，就像一种仪式感，何况，相机也是需要晒太阳的，上次去给相机添置一个新的配件，就被店里的专业技术人员告之镜头上长了霉点。让它晒晒太阳，可是一点也不矫情。

走出门，很显然全世界都在晒太阳。

　　村民们三三两两地聚在阳光下聊天，连猫猫狗狗也早已给自己找到了上好的位置，有人路过，它们眯着的眼睛都不会睁开一下。

　　太久不见阳光了，大山里一切都让我觉得有些炫目。

　　过去看得多，想得也多，现在看见得更多，想得却少了，不再以思去打扰了自己双眸所及的宁静，阳光、风景和我，再也不会是三种不同的东西。

　　入了森林，一大家子长尾山雀从我眼前经过，有七八只，偌大的鸟儿却像一群小麻雀似的叽叽喳喳，全不在乎往日的优雅。

　　空中又开始飞舞着一些小虫子，它们拿自己的命在阳光下做一日游，在大山里，无论什么季节，即使是前些天还刚下过一场雪，也不会影响到这些昆虫一见阳光便立即投身于大自然的轮回之中，引得蜘蛛也跑出来在阳光下从容地挂着网，所猎的似乎是阳光。

　　大自然里的生命个个都旺盛且敏锐，足够把人类拉开好几个档次。（这句话该是有所思而得了，不过也只是现在写的时候才有。）

　　季节性树木的叶子，大都已经掉光了，阳光下四处皆是可以透视的"冬藏"，只是从外表上，已经辨不出它们是什么树种了，不过我仍知道它们的名字，我熟悉它们春夏秋冬阳光雨雾中的样子。路过一大片梅树林，亲近了去看，光秃秃的树枝柔软丰满，枝条暗红又略带着青色，我能看见树枝里生命流淌的脉络。在枝干的分叉处好多的凸起处，无数的花芽已经孕育在其中，也就再过两个月，这一片又将是万紫千红。

…………

不需太过使劲，就在山里逛出了十里了，遇见的人还没有遇见的鸟多，这正是冬季这座大山的迷人之处，我喜欢这种会让人失尽"人的身份"的宁静。

棉衣已经脱了，帽子也摘了，冬日阳光变成了褪去身上衣物的情人，算是情浓到深处了。

大自然里没有被辜负的阳光，我背着相机走了十里，却一张片子也没有拍，不是没有风景，是没有适合在镜头里出现的那种腻味的风景，阳光不给我机会，让自己可以变成站在风景里的旁观者。何况，这样的冬日阳光，我总是要拿来用好些日子的，真的像是给充电宝充电似的，有电量指示灯满格之后的奕然。

散步回来的时候，发现家门口早已掉光了叶子的柳树，在一日的阳光下，竟然发出一些翠绿的新芽来，兀在枝梢上像绿色的焰火一般，这些新芽不出两天就没了，树也会有误解了天意的时候，突然就生出了一些悲怜。人修炼出一颗美好的心灵，虽逃不开更多的悲伤，却不一定再有痛苦。

傍晚收衣物，望见冬日的晚霞辉映着山顶上的白雪，真是美不胜收……

人生的过客

所谓的"过客"不仅仅是"过"，强调的还是"主人"与"客人"差别化的特征。虽然在相聚的时光里，会产生主人与客人彼此不分的幻觉，一旦成为过客，客人的特质自然会显现出来。作为主人，应该知道客人一定是会走的；作为客人，主人再怎么热情好客，自己也不会因此就留下来。

客人如果带走了什么礼物，也一定会有礼物给自己留存下来。这不是失去，而是赠予；不是开始和结束，而是过程。

过客所昭示的，依然是人性在本性上的孤独。

人与人互为过客，人与物也互为过客，人与生命也互为过客，每一个生命都只是经过，都是独一无二的经过。

阳光和雨都是
天生的安慰剂，
如果你需要的话，
我可以大把大把的给你。

你需要安慰，
需要风雨，
我只想听见故事，
如四季一样地发生。

阳光和雨是主人，

所有的故事都是过客，

每一个客人，

都应该被安慰。

一直喜欢在照片中留下背影，这样人便不再是照片的主角，又能让自己荣幸地成为风景的一个部分，感觉这样的照片会让心与风景贴得更近，更有故事感，也更容易去记录人与风景最真实的关系，美景是主人，人人都是过客。

或许，你有没有成为过客不重要，你有没有因为风景而留下也不重要，心有没有在那里停驻过，有没有与主人的灵魂相交过，这才重要，才有意义。

今天有人在微博评论留言说："景是景，你还是你。"

而对于我来说，景早已不再是景，我已经成为风景的一部分。

评论所说的是最普通的境界，去讲人与风景的过客关系，就像是我拿着手机拍这小溪流水，小溪是小溪，我只是一个想拍视频分享的自己，因此，景是景，我还是我。

真正的景是无界的，"境界"一词强调的是界，而非境。

当我关掉手机，独自在此静坐之后，我就是小溪，小溪就是我，我已经入境，我是景，景也是我。

这是另一个更高的境界。

如果理解不了，我举一个例子，现在有另一个人经过这儿，他看见一个人的背影和风景，他会很容易把这个背影当作是他所看到的风景的一部分。

我并不需要别人来看见和评判，无我，我即是风景。

无我就是不再给自己设定界，只有境……

每个人都在自己的境中。

人与人之间，也可以如境。你在我的境里，我在你的境里，没有边界，你不是你，我不是我，唯天地万物。

这样若是可以超越"过客"，天人合一，又何来的主客之别。

人人都从情感的纠葛中走来，你经过我，我经过你。

人到了一定年纪，难免没有负过人，负过事，多多少少都心存些愧疚的情感，这种东西是用良心的自责换回来的，攒够了就是宽容。

我够了，所以宽容。

似乎每个人都有一个记忆的深渊，一沉沦进去，就由不得自己想出来就出得来。

总想发一条信息，说"爱过你是一件好美好的事情"，不过互联网的信息只能穿越空间，却无法穿越时间，送达给若干年前的故人，以悔恨和道歉，了结所有的伤痛和纠缠，让分开的记忆变得美好一点，不至于总像一头怪兽，回忆一到那里，便尸骨无存！

愧疚的情感，
是长期孕育在心里的
悲怜之花，

只往悲伤的方向

抽芽破土，

茂盛的枝叶，

一点一点地向着

眼泪伸展，

然后在某个没有预兆的

黎明或黄昏，

绽放出虐心的模样。

它总会肆无忌惮地反复生长，

把愧疚的"曾经"演绎得那么疯狂！

人活一世，

"错"字不管是加在"爱"字的

前面或后面，

都是对人生最大的伤害。

学会安安静静地做一个故人吧！不要去打扰过去，也不愿被过去打扰。

感情上做一个考古学家比较好，多年以后，寻觅着回忆，挖掘下去都是宝藏。

过客即是匆匆。

山居日志·二

早起，小雨，天空昏暗，不见山只见雾，有一丝秋意。

每天早晨起床的第一件事，泡茶。

用一等的泉水，泡四等的茶，有二等的滋味，水好，茶只是点缀，水是主角，茶叶是配角，曰：水茶。

我不缺茶器，也不缺茶技，喝茶于我只是时间里的配角，要看书要写作，泡茶的方式便往极简里去。一个烧水壶，一个保温杯，一个大水杯，一天的茶叶量，都一次性放进保温杯里，烧开水先洗净一次，便任凭其泡在保温杯里，喝的时候从保温杯向水杯倒出点浓浓的原汁，再以热水稀释，以颜色判定是否达到自己理想的口感。一年四季皆如此，红茶、普洱、铁观音皆同一种泡法，茶也喝了，时间却可以腾留出来，几年下来，此等饮茶神技，已经炉火纯青。

茶艺之雅，于我是雅不起来的，雅需要时光的浸泡，时间与我是死敌，我与雅便成了死敌。喝茶于我是朝朝暮暮又休戚与共的事儿，这种事雅一时可以，雅一生就难矣，打量了一下自己每天的日常，似乎没有一件雅事。

好在山泉水是雅的，泉水雅得自然而然，雅得与我无关。

千年的

一位老者

从大地分娩而来

从森林的乳汁中来

从花丛的眼泪里来

从四季和生命的轮回而来

双眸清澈

古老的智慧

甘甜的微笑里

有我仰慕的灵魂

水有好多的味道，

山泉水是人间最好的味道。

2018 年 9 月 5 日

细雨绵绵，下了一天，秋天算是真的来了。

老祖宗"绵绵"这个词还真是熨帖，于身体，于心灵，于眼眸和耳朵，都可以是绵绵的，这可得打紧，不仅添衣加裤，房间的光线一整天都暗，打开一盏孤灯，室内也绵绵，最终，还拿一段绵绵的文字，记录这绵绵的一天。

哦，今天还正好炖了一锅燕麦胚芽米粥，晚餐吃得也绵绵，无端地就应全了这样一场秋景。

写这样的一段文字，自己读起来总觉得像是一个女人，绵绵！

也好，传说中的神，都是雌雄同体的。

2018 年 9 月 5 日

秋悲

一个秋天
满世界都在诠释悲伤

桂花又香了……
味道是伤口的弥漫

蝴蝶从空中坠落
在接近地面前粉碎

银杏的叶子正在失去营养
等待着战胜风

很多草木已经枯萎了
连同它们的种子一起

山上的鹰有一个完整的家族
不能确定它们的兴旺
云一连几天都黑着脸
不悦的应该是阳光

秋天是春、夏的徒劳

藏在轮回里的悲伤

在每一个细节处

狂欢

2018 年 9 月 7 日

看着阳光把天上的乌云变白，驱散，再聚成云朵，最后彻底地分解成晴空，一壶酒已经喝完了，半醉。

大自然二十四小时都醉着，我只能偶尔同醉。

醉的时候也不等人，所以我不会老，一个人的大山生活，会失去所有关于人的，也包括像"年轻"和"老"这样的身份。

也许今天这篇文章，可以让你更深地领悟这段话，读者有益。

2018 年 9 月 8 日

山居日志·三

吃完午饭，看着窗外天色渐渐暗沉下来，趁一场雨还没有开始，出门散步。

散步是除写作之外，我对自己很友好的第二种方式，同样是对于身体，也对于心灵。

一出门，发现一场大雾正在悄悄地降临，在风的助推之下来势汹涌，雾是从山上奔流下来的，能清楚地看得见它们流动的路径，迅速地占领了低处，再逐渐向高处弥漫，还没有走多远，四周皆成为仙境。

这应该是今年秋天的第一场大雾。

有种奢侈的静谧正在展开，我能听见自己的脚步、呼吸、心跳声，它们应和着秋虫的鸣叫，还有鸟儿的，也有溪流的，声音与声音融化成声音，宁静与宁静汇聚成的宁静，随着雾气缓缓地铺开，让我行走在云端里。

有什么变淡了，又有什么变浓了，一只大鸟在云里隐去，一只松鼠与我擦肩。远处是暗白色的远，近处是细节般的近，树叶尖上沾着欲滴的露珠，一只白色的蝴蝶，差一点儿就撞上我。

雾里开始有些淡淡的雨丝，在与我相拥时融化，我仍看得见眼前的路，像看见自己心里的脉络，路在延伸，有些思绪也在延伸，偶尔如雾气般飘逸，又会被我伸手捉了回来。

内心如雾，似乎无人可以去想，也无事可以去思虑，但又无法确定，只能用"似乎"这样的词。雾隐去一个世界，但世界还在，山依然是山，溪流依然在流，雾终只是一场雾而已。

我在云端穿行，失去了远近，嚼着雾气寡淡的味道，如梦似幻，美好却无所迷茫。

一切都有点妙不可言，就不言罢了……

等回到家，雨开始下出了声音。

2018 年 9 月 11 日

文字于我，每天都是新鲜的，这带给我很好的感觉，我很惊奇，自己每天都是一成不变地生活，又活在一成不变的环境里，偏偏每天的文字却是新鲜的，我就为这样的新鲜而活着，我与文字似乎是在互相更新。

如果一件事情可以每天都能带给人新鲜的感觉，这件事注定是伟大的，于这件事和这个人，都是无比幸运的。

晚上看美国电影《与狼共舞》，十几年前看过，现在再看又带给自己好多全新的东西，几次掉下眼泪，片子有浓浓的人文情怀，又融入了大自然的诸多美好，给人以极致的精神享受。

最近看了很多的老电影，深感人类最好的时代真的已经过去了，再也不可能回来。

2018 年 9 月 13 日

雨一直下了几天，下雨天的我，与大晴天的我，确实不太一样，似乎有另一个我，假冒着我在活着，赶他还偏不走。

这几天的夜里，除去雨声之外还能听到一大群鸟的叫声，似乎有好多的大鸟聚集在窗外的大山里，听声音至少有几百只，也许有几千只。

每年的这个时候都会有大量的候鸟飞到山里来，峨眉山并不是它们的目的地，它们只是在迁徙的途中经过这里，在山上休息几天，补充水分和食物，大概也就待上一周，便销声匿迹。

傍晚雨暂停，一出门就听到天空中好多的鸟鸣，抬头一看天上到处都是它们的身影，应该都是鹤类，有长长的脖子、巨大的翅膀，有的一大群，有的一小群，也有孤单的身影。大群的飞着人字形，小群的飞得有点凌乱，似乎各有各的方向，并不往一个方向去，四周都是大山，它们只是在飞向今晚的栖息之地，并不像是在离去。

这样的天空，看久了会有些莫名的感动，它们的叫声里似乎有和我一样的忧伤，肯定是来自于生命的，是我们之间共通的，唯有生命本身才拥有的灵性。

回家路上，夜已经暗下了，空气中有淡淡的桂花香味，候鸟和桂花香一样，来了就来了，走了就走了，我从来没有等待过，也没有与它们告别过，每年都有这样时候，哦！桂花又香了，候鸟又来了……无须等待和告别，这样已经够好了，这样已经非常幸运了……

2018 年 9 月 16 日

人际关系的真相

一个人在所有的人际关系中，真正能做好的，只能是在各种关系里坚持做自己。

认识到这一点，可以帮助一个人把人与人之间的关系彻底简单化，避免自己陷入"互相""彼此""付出""回报""得到""失去"之类的人生陷阱。

人帮助别人，帮助的是自己；人给予别人，给予的还是自己；爱别人，爱的仍是自己；想让别人满意，其实最终仍是想让自己对自己满意。

人与人之间所谓的"牺牲""成全""责任"等，没有一个词汇的语境不是虚假的概念。

一个人在某种人际关系中，自我的感觉若是为"牺牲"，要么就从"为别人牺牲了自己怎样的利益"中获得了满足感，以此把自己认知为好人、善人、有情有义的人；或者是得到了"我为你牺牲了自己"的债权感，感觉自己付出了很多，拥有了具备得到某种回报的权利，以此把自己认知为施予者、恩赐者；或者会直接感受为付出没有得到回报的失落感，把自己认知为受骗者、失败者。

这些都是虚妄，都是虚假的自我认知，一个人自我牺牲的感受未必是对方的感受，我们感受到某一个人为自己做出了什么牺牲，也未必是这个人的内心感受。

人们有时觉得自己受到了别人的恩惠，并因此要还别人的情义而受到困扰，而施惠的人根本就不在意这件事，双方的感受也许是大相径庭，恩人与受恩之人，只能从自己的感受中去认识自己，并不能从自己的感觉上去认知别人，不同的环境和条件，造就完全不同的自我感受。

在人与人之间的关系上，去认知别人是行不通的，人们只能看见别人做的是什么，却看不见别人想做的是什么，况且，我们以为的"是什么"，未必是别人以为的"是什么"。

做父母的，人生这一辈子，真正能决定的，也只能是自己是一个怎样的父母，决定不了自己可以拥有怎样的孩子。做父母的无法审判孩子，自己拥有怎样的孩子，不过是拿来进行自我评判的一个部分。若是做父母的只用自己养育了怎样的孩子来评判自己的一生，这未免过于荒唐和可悲。

做孩子的从出生到给父母送终，真正能决定的，是自己成了一个怎样的孩子，而非让人去评判自己拥有一个怎样的父亲、怎样的母亲。等到父母远去后，内心审判的，不过是自己作为一个孩子的一切所作所为。

与父母，与亲人之间的关系，仍只能是帮助人们认知了自己，认知的是，自己在这些关系里，究竟是怎样的一个人，最终成了怎样的人。

人生一辈子，我们会邀请太多的人来到自己身边，爱人、情人、朋友、同事、领导、下级……为的是让这些人帮我们揭开自己一个又一个的面具，去看见自己，认识自己，再进一步认清自己，从而可以成为自己。

在人的一生中，我们身边的人际关系像风那样飘忽不定，面孔不断地更替，不变的唯有自己，最终留在自己身边的，也只能是自己，陪伴自己最多的，也只是自己。

人生的虚妄，就是想把自己的喜怒哀乐建立在别人身上，妄想自己喜的时候，别人也喜；自己悲的时候，别人也悲。一个人能帮另一个人做这样的主吗？别人喜的时候，总是带给自己喜了吗？别人悲的时候，自己总是同悲吗？

给予自己喜怒哀乐的，也只是自己，而非他人。

所有的人际关系都为了认识到真实的自己，而不是让人去认识真实的别人。人永远也无法认识到任何一个真实的别人，只能拥有一个真实的自己，人一辈子所有想让别人对自己满意的意图，其实都是为了让我们对自己满意。而人际关系之中所有的痛苦和烦恼，也只是源于我们对自己的不满意，不过是往往表现在我们以为是别人让我们痛苦，是他人让我们烦恼。

人生没有这样的领悟是无法从痛苦中解脱的，没有对人际关系彻底地摆脱，人就无法认识到一个完整的自己。

人生的孤独感是没有尽头的，孤独感会陪伴多数人的一生。

孤独是一个生命的本相，没有人不孤独，这正是源于每个人只能成为无人可以分享、无人可以替代的自己。

人会孤独一生，但未必让孤独感一直存在于自己的一生。孤独感源于我们自己不能完整地理解自己，于是需要别人来了解自己，通过各种关系来发现自己。不过，人们最终会发现，再多、再广泛、再丰富的人际关系，也解脱不了自己是孤独的这一事实，于是，我们才越感受到孤独，想通过各种关系去逃避孤独。

孤独与孤独感分明就是两回事。

当人不再幻想其他人可以来理解自己的时候，孤独还在，孤独感却消失了。

离群索居在大山里生活了四年，我不再抱有任何的期待——有人可以来理解自己。恰恰正是如此，我以为自己现在可以理解任何人，没有人比我更孤独，但我却从未感受到自己孤独。

感恩每一个在我生命里出现过的人，没有这些人，我就无法认识到自己，更无法成为今天的自己：一个这么可爱的自己，一个这么对自己有责任感的自己，一个这么怀有人间大爱的自己，一个这么慈悲的自己，一个这般快乐的自己。

每当我们觉得自己很可爱的时候，全世界都变得可爱了；每当自己快乐的时候，全世界都是快乐的。

是这样子的吧？似乎人人都有过这样的感觉和体会，却没有人去认认真真地探寻过，这种就存在于我们自己身上的、看得见摸得着的真理，并且是一运用就可以改变自己的真理，智慧与愚蠢之间就是这样的一层窗户纸，什么时候捅破了，人就觉悟了。

人际关系的真相就是工具，就是：去认识自己，成为自己，成就自己。

所谓成就自己，就是发现自己想要的一切，自己全部都可以给自己，就是自己想要的快乐、幸福、愉悦、爱、圆满……自己都真正给予了自己。

一个人生命中最神奇的部分，就是拥有略大于宇宙的心灵，里面什么不可以有？

　　一个人只向自己索求，没有比这更简单、更丰富、更可控的人生，做到这样，人生也就简单了。自己简单了，所有的关系都一并简单了。

　　如是。

我有一家客栈

　　快到清晨的时候，做了一个梦，清晰如镜，梦见自己拥有了一家客栈，梦里的我，其实半睡半醒。

　　客栈背靠着一座大山，有条溪水流过，有好大一个院子，中间有一棵古树，它已经活了一千八百多岁了，巨大的树干，遮天蔽日的树冠，有长尾喜鹊一家三口，在上面筑巢。

　　好多的孩子们在大树下嬉闹，有一个笑声如银铃般的小女孩，声音像喜鹊那般美妙，穿着浅绿色的花布裙子，扎着马尾辫，脸庞上有从树冠掉落下来的、如梦似幻的光斑。

　　最有意思的是梦见客栈里所有的床上用品，都是用野花、野草、各种树叶儿浸泡过的，客人们上床前只要用电热毯烤上一会儿，屋子里便会有淡淡的清香，飘逸着大自然里各种最美的味道，松树的、桂花的、蜡梅的、栀子花的、橙子的……入睡的时候会感觉自己睡在草原或是树上，四周都是花儿，梦里的也都是花儿。客人们在这样的梦里会遇见自己的上辈子和下辈子，见到自己几生几世的情人，醒来之后会有最多的笑容和最多的眼泪，每天走出房门时，双眸都熠熠生辉，会感觉到自己是完美的。

客栈的每一个房间布置得都不一样，都是风景儿，房间里有好多关于大自然的书，每一间房子都布置得像是一首诗，以二十四个节气为主题：立春、惊蛰、清明、立夏、芒种、夏至、立秋、白露、寒露、霜降、立冬、冬至……客人们都住在各种时节里，住在光阴的故事里，住在诗意里，住在诗的韵律里，可以看见最多的色彩，听到最美妙的音乐。

院儿里有一个很大的柴火盆，客人们都围坐在一起，谈天说地地笑着，讲着各种悲喜的故事。空气中弥漫烤红薯、土豆、芋头的香味，木柴时不时地在红色的火焰中炸裂，像孩子们过节时点燃的爆竹。

梦见自己已经很老了，还是那么孤独，还是那么沉默，唯有一双眼睛依然很年轻，眼神依然可以说话，拄着拐杖走在院里，含着眼泪欣赏着客人们的欢颜，人们见到我都说："这个糟老头，好得很！"

为什么这么好呀，原来都是免费住宿的，赶紧来预定吧！

醒来我便知道，这个客栈大概是自己想写成的那本书吧。

七里村的人情味

我喜欢现在的自己，喜欢那种深入自己之后，内心一片澄明的感觉，这样的感觉让自己觉得活得很实在，深以为这些才是生命最为真实的那部分。

看着自己逐渐从平静走向静谧，静谧与平静还是不一样的，平静是那种不需要什么条件，就可以感受到的自我存在，而谧却有一种甜丝丝的味道，是一种带着点甜蜜的、喜悦的、美好的存在感。

身外的世界，与自己究竟是怎样的一种关系，人既可以把自己与世界对立起来；又可以感受到世界的变化以及自己的变化；还可以把自己与世界融为一体，由各种"关系"来定义世界各种不同的面貌和意义。

世界的本意更像是人们的"看见"，以及对自己看见对象的各种解释。

现在我以为世上其实没有"对象"这个词，每一个所谓的"对象"，本质上都存在一个与此相对应的自己。事物有那么多的面，每一个面都可以朝向自己，不是世界让人们看见哪一个面，而是人们选择去盯着哪一个面来给自己的人生进行诠释。

人若是不自我亵渎，不以自我为敌，几乎可以摆脱这个世上所有丑陋的东西、邪恶的东西、自相矛盾的东西、厌倦的东西，这些也许并不存在。

这些东西在人心里，人心里有，世界就有，人内心纯洁无垢，满世界都清新。

大海那么辽阔，而对于一个岛屿来说，大海却是岛的尽头。人非大海，也非孤岛，前提是不要自淫。

人活着最要紧的，是把世界还原成它本来的样子，把自己的生命，还给它本该成为的样子。

现在的我，能看见更多过去无法看见的东西，我不能确定自己是喜欢这些事物，还是喜欢能看见这些事物的自己。

我住的这个地方，叫七里村。

在大路上散步，两个村民骑着电瓶车相向而行，因为天冷头上捂得严严实实的，驶过后却一前一后各自鸣笛，她们这样打招呼的方式，会让我温暖不已。

超市买鸡蛋，结账时老板说："我优惠了你五毛钱。"我内心感激不尽。

菜市场买菜，总是会有好多村民笑颜盈盈地给我打招呼，有位卖菜老板每次都会说："我本来卖六块的，是按五块算给你的……"

有一天我打开家门，门口放着一大袋水果，是上山来过节的邻居走时留给我的，我连是谁都不知道。

人看见什么，便活在什么里，我活在七里村的人情味里。

都说纯粹是难以实现的，过去我也这样认为。

一颗曾经污浊的心，若是可以重新变得纯净，仿佛自己不在人间，却又明白这才是最真诚的东西，宛若又玩起了儿时最喜欢的游戏，趣味却比儿时更加浓稠，并且一玩就可以尽性，这些感受真的是让人觉得好奢侈。

过去我算计过别人，并且是几百万的算计，现在却经常因为几毛几块钱的事而感动。

人要经历过繁华，才知道朴素；经历过复杂，方知道简单。

人必须要体会过污浊究竟是怎样的，才能更加体会到纯净的美好，就像是经历了一场死亡，却又幸运地活了回来，每次呼吸都充溢着对生命的感激。

这真是一种超凡脱俗的能力的获得，人去过最差的、最昏沉暗淡的谷底，然后再爬出来，让光亮照亮自己身边，一切皆有了强烈的对比，人对现在的一切，不再会有一丝一毫的厌倦，不再会有对与错的纠缠，时间里新长出来的一切，都让人感到更贴近自己原本的生命。

人未必一定要活在真理里，最好的心智，是在值得疯狂时就可以疯狂。与其想去知道那些不知道的事，不如和已知的自己一起疯狂。

原来内心的静谧里面，还含有疯狂的意味，我叫它"静疯"，算是一种陶醉。

在外表上，我现在最想要的是微笑和明亮的眼睛，这是可以接受一切的容貌，而过去我满脸都写着拒绝。

总是有人会被黑暗所吸引，也有人被光明所吸引。

这些天看三岛由纪夫的作品，总觉得写出这样阴暗晦涩文字的人会最终走向自杀，然后查了一下百度，果不其然。那种三四十岁便能让自己陶醉在阴郁灰暗里的人，似乎很难再回到明亮的色彩中来，最终他只活了四十多岁，这是文学的损失。

我不想成为这样的人。

人生之所以会感觉到易碎，其实碎掉的向来都是人们幻想的那部分，在想象与现实的落差里面，充满了人生的碎片。而人生的现实，一直以来都是完整的，由一个人的所作所为构成。人们在年轻的时候，无法完整地驾驭自己，便难以去感受到现实的完整性。

人生到最后也不得不承认，这一生所有的一切，其实都是经过自己同意的。

人只能逐渐学会在过程中去看见自己，最好的方法是一边走着，一边给自己诠释，不要总是要等到事情到了结局，再来责怪或是原谅自己。

现在的我看着自己每分每秒的真实，也知道该怎样守护自己的完整。

孤独感需要被救赎，孤独则不，孤独自己救自己，我与三岛由纪夫不同，虽然生性同样的敏感，但我没有孤独感，也很少写出负面情绪的文字，我很幸运，总是可以在人生阴晦的部分，看见人情味色彩艳丽的光线。

冬天过去了

冬天

过去了

山巅最后的雪

晕厥成了白雾

长尾山雀

正啼啭着情书

阳光一惊一乍

在云朵间起伏

红梅花

长出长长的睫毛

初萌的树叶儿

正在阅读春风

小溪里的水珠正在跳跃

痛快呀 痛快呀

蜜蜂正在玻璃窗上

寻找着出路

嗡嗡嗡

诗人

正在晾晒冬天的衣服

整个冬天

什么故事也没有发生

人只有在故事里，才能真正理解这个故事。

你没有像我一样的人生经历，也没有像我这样住在大山里，想要理解和领悟我说的这些境，其实是件非常困难的事。

过去我很在意被人理解和认同，现在已经没那么在意了。

我以为每一次感受到不被别人理解时，这其实是种好的机缘，若是自己可以换上一个方向，去理解别人的不理解，便帮助自己又一次成功地认识了自己。

这样的心灵不仅自由，而且非常健康。

表里如一是一种人格的方向而非目的地，没有人可以抵达完整彻底的表里如一。

我不过是为自己确定了各种方向，从而时时刻刻都可以原谅自己的不彻底，还不够纯粹，这才是人与自己和解的真正意义。

人要活得神圣是因为自己想要神圣，最大的受益者还是自己。

"重要"这个词的语境会毁掉好多有趣的事情，越重要的事越是无趣，特别是觉得自己很重要时，人生的乐趣尽失。

我不再重要，这是我最大的自私，人生不过是一场自己与自己盛大的对话，原来爱自己，是这样子去爱的，爱，不过是对自己生命的洞察。

第四章

做回自己，瞬时觉醒

厌倦是怎么来的

欲望是旧的，欲望的对象是新鲜的，新鲜的对象给人带来新鲜的满足感，短暂的快乐之后，发现自己的一切仍是陈旧不堪。人们妄想拿新鲜的欲望对抗重复单调的岁月，永不停歇地追逐，最终还是败下阵来。

人生太多的痛苦都源自于此，拿更新欲望对象的方式来更新自己，外面的世界日日新，内心的世界天天旧；外面的世界越来越丰富，内心却越来越空虚。巨大的落差，满心的焦虑，怕自己在拥有的事物上的更新，赶不上这个时代。

追逐钱权停不下来，打扮自己的外表停不下来，自拍停不下来，在手机上晒自己的动态停不下来……

自己是旧的，衣服鞋子再多还是旧的，妆化得再美，人其实还是旧人；房子车子再好，自己还是旧的；恋人换了几轮，自己仍然是旧的；拿外面的风景来遇见更好的自己是骗人的……

多骗自己几次，等到骗不了自己的时候，厌倦就来了。

厌倦会一个紧跟着一个袭来，从厌倦一个人，到厌倦好多的事；从厌倦一份工作，厌倦生活，到厌倦自己，厌倦生命。

外面的世界很精彩，外面的世界很无奈。不断地遇见旧的自己，这确实很无聊，这样的人生确实很无奈。

人要获得成长和更新，必须要依赖于家庭、学校、工作、社会、朋友、恋人、艺术等来认识自己。人的一生可以通过很多的朋友、很多份工作、很多个恋人来认知自己，但人生一旦抵达某种年纪，往往会产生工作不过如此、朋友不过这般、爱情如过眼云烟的感受。表面上看，似乎是生活让人失望了，厌倦了，真正深层次的原因，其实是我们对自己的认知已经抵达某种极限了。我们不断地看见重复的自己，即使是换了一份新工作，换了一个新的恋人，换了一个新的环境，当新鲜感消失之后，我们仍会遇见那个已经打过无数次照面，已经毫无新意的自己，这才是人生厌倦的真实由来。不是生活让人厌倦，或许是无法更新的自己让人厌倦。

无论我们经历再多、再怎样复杂、再怎么纠缠的事情，这些事物能帮助我们所认知的自己也是有限的，是有难以突破的瓶颈存在的。无法认知到新的自己，厌倦也就来了。

人需要活在安全感里，同时又需要活在激情里，安全感可以称之为"旧"，激情可以称之为"新"，人们既喜欢恋旧，因为旧安全，也喜欢尝新，因为新刺激，带来激情。生活若是只有旧而无新，厌倦就来了。

随着年龄的增长，人通过外部的世界所能认知的自己将越来越少，对外部世界"新"的欲求就越来越大，"新"带来的欢愉和刺激，也就越来越小，越来越短暂。人生一辈子，靠身边的新人、新物、新家、新的风景带给自己的新鲜感是有限的，这往往需要付出巨大的人生代价，多数人辛苦一辈子也支撑不了这样的"新生活"，外部世界带给自己的"新的自己"的感受，早晚会陷入枯竭。

"人生不过如此……"如此悲催的话就是这样子来的，就是这样成为最著名的、最经典的、最大众化的人生报怨，连端坐在统治者位上的恺撒，也讲出了"一切皆是如此的虚空和无聊"。

人们不知道再从哪里去见"新的自己"，于是乎，厌倦来了。

事物不会变，人们对事物的看法一直在变；人不会变，每个人对自己的看法一直在变。看法变了，人们的言行才能改变。这是人自我改变的真理。

但是，由于我们看不见自己的新意，我们已经对自己产生了大量固定的看法和陈旧的观念，我们以为自己就是这样了，也会有认天命之说，导致多数时候的言行，必然是重复的，感受也是重复的，即使对自己的人生并不满意，也无力改变，也不知道怎样去改变，厌倦也成为必然。

这是每个人都会遇见的命运。

因此，人必须要摆脱对身外各种关系、各种事物的依赖，直接去向自己的内在探寻，才能真正深度认知自己，才有可能重新认识自己，并且更新自己，还自己一个全新的世界。

也许人生就分为两个部分，上半生靠外面的世界认识自己，下半生必须靠自己认识自己。靠外面的世界认知的自己是有天棚的，自己认知自己，则是种无限。

人一旦不再对外有所依赖，纯粹地转过身来面对自己，才算是走上了正途，走上了真正自我更新、自己实现的道路。

人一旦失去更新，外面的世界其实同荒漠无异，再怎么的丰富和精彩都将与你无关。

最近很迷茫

我越来越发现，对事物的领悟是一层一层去掀开的，没有所谓的尽头，没有什么终极答案。又很像是在登旋转楼梯，你不转过那个弯，是看不见往上去的路径的，往上一样没有尽头，也没有所谓的真相，人只是在无限地接近真相。

我在往上走，开始感觉到虚空……

人在年轻的时候会迷失自己，这是必须要经历的过程，随着年龄增长又开始逐渐地找回自己，不断地回归自己，直到老年的时候返璞归真。这似乎还是不够，要成为一位智者或是圣人，又得忘了自己，真正回归到纯粹的生命，抵达无我的生命境界，忘掉所谓"我"的一切，而去感悟归属于生命的一切。

人年轻时从别人那里学东西，中年人从生活里学东西，老人们都在向生命学东西。不同的阶段学回来的，仍只是一个自己，而自己，还得继续向自己无穷无尽地学习，学习什么？学习最后的虚空。

人从失去个性，到以个性去认知自己，以个性去成为自己，再到摈弃掉个性……

人从根本不思考，到开始思考，再到独立思考，再到不以"我"为主体地思考，以生命的本源去思考，最后抵达不再思考……

人从感官生活，上升到思想生活，再上升到精神生活，还得从丰富的精神生活而回归到感官生活……

种种的来来回回，反反复复，痛苦不堪，又乐趣无穷，仿佛经历无数次死去，又无数次重生。

越来越觉得要追求智慧，必须要及早地发现并接受，这样的认知是没有尽头的，永远不会有真正意义上的抵达。人生为此的寻求，注定将一事无成。不过，这又是明知一事无成而必须要去达成的"一事无成"。

这样的道路能获得什么呢？

平静和丰富，让自己真实地活着，喜悦和觉悟，灵魂的救赎和解脱。

我不敢确认真的有救赎，有解脱。或许，我根本不想解脱……

总觉得要真正的看见，关键在于看见"无"，而非看见"有"和"存"。

我还看不见无……我要看见无就不会再写作，进入空无，我到底想要有言，还是想要无言？

智者不言……

人要找到自己，才能发现自己和了解自己；人必须要忘记自己，才能理解和彻悟自己。两者说的是同一件事，却指向不同的阶段和过程，前者指向个体，后者指向生命。

我仍舍不得我这个个体，这意味着要舍掉一个在痛苦方面的天才……

最近很迷茫，我知道自己是被卡在智慧与愚蠢的中间了，似乎已经准备好了，让自己再蜕变一次。

这次是往回的蜕变，变回蛹，我想写下去，确定让自己痛苦下去……

愚蠢仍不失为一种乐趣，特别是在知道自己愚蠢的情况之下。

我听见造物者说："你要创造你自己。"我已心领神会，我长笑不止。

你到底在等待什么

等待一个人，或是等待一件事物，其实是在等待和这个人这件事在一起时的自己，若是不用这个人或是这件事，人也可以抵达这样的自己，人生就没有什么值得再去等待了。

有所等待的本质，不过是对自己的现状不满意罢了，不过是过不好当下罢了，不过是在等待一个更好的自己罢了……

所以，真正要确定的，首先还是这个自己是否是想要的那个自己，是否是值得去等待的那个自己。

人生中所有的等待，不过都是对自己的确认，或是重逢，或是相认罢了，不过仍是一种寻找更好的自己罢了。

人们确定不了自己的这个自己，所以才寄希望于某一个人、某一件事、某一段时光、某一种追求……用各种各样的希望，去试探这个自己，是否是自己想要的那个自己。

人的一生，遇见过太多人了，也有可能爱过恨过很多人，遇上过太多事了，也有过太多的故事和经历，但这些都是不够的，因为我们始终还没有遇见过最好的自己。

人生，似乎总有那么一个人，自己永远在等待着，似乎总有一件更加美好的事，自己永远在盼望着……人们确定不了自己究竟在等待什么，但是就是觉得自己一直在等，因为我们还不知道自己可以有多么的美好。

原来，了解自己才是最难的事情。

也许某一天，人们会自己发现，自己对某一个人、某一件物、某一件事所产生的心动，其实是自己对某一个自己的心动，是对于某种状态之下的自己产生的心动。能有这样的领悟，生命就豁然开朗了，就彻底觉悟了，生命中的一切原动力都可以归于我们对于自己还是太陌生了。我们太想认知自己了，我们最喜欢的，是品尝自己新鲜的、充满活力的、刺激的、愉悦的生命。

身外的世界和人们，不过是我们认知自己的工具罢了，而所有工具可以帮助人抵达的，每个人都可以自行抵达。一个人如同一个宇宙，浩瀚无边，或者说，一个人就是宇宙万物本身，我们想要认识的自己，其实无穷无尽……

你们知道自己在等待什么吗？你等待的一切不过是一个更好的自己，你知道这个更好的自己长成什么样子吗？若是在等待一个更幸福、愉悦、美好的自己，别等了，你们等的不就是此时此刻吗！

我不再需要等待什么了，我已经抵达了最好的自己，我和自己相安于当下，当下即是永恒，平静、平凡如宇宙万物。

驱逐所有的下一刻下一秒的等待，活在干干净净的当下，该干什么就做什么，而不是去想做什么，没有"想"，只需敞开了感官，专注于现在的感觉，专注于自己的生命，试试吧，这也许就是你一直在等待的……

我确定自己是开悟了，已经活在时间之外，生命领悟至此，就没有什么再去悟的了，确实是大喜悦，竟然是在医院的楼梯间里，哈哈哈！

全当是我开一个玩笑，于读者有益，哈哈哈！

心灵的自由

已经有好些天打着雨伞出门散步了，又突破了一件困住自己很久的事，很有成就感。

这座大山的春季和秋季，会有一整月下雨的时候，记得有一年一场雨，从十月二号一直下到十一月中旬，中间没有一天的阳光。那段日子写下了很多与雨天有关的文字，里面有以"致下了十天的雨""致下了二十天的雨""致下了三十三天的雨"为标题的文章，还有"攒了一天的阳光，也扛不起三十天的雨……"这样的诗句。

现在的我不会再被雨天困住心情，却还是会被雨困住身体，然而这些天打着雨伞走出去，散步的愉悦依然是和晴天同等的愉悦，除了头上多出一把雨伞，路很滑，得小心翼翼走路之外，阴雨天仍是一捅就破的窗户纸，一念之困罢了。

当然，雨幕下的森林自然有另一番韵味，树枝上挂着晶莹的珠帘，小草傻乎乎地眨着眼睛，浓密的细雨会被风吹得平行着飞过来，春天的那种清新，一把雨伞是挡不住的。

人生不过就是一种趣味，浓郁或是寡淡，只有品尝过的人，才能知道。

好多的事情，自己知道就行了，老想着要向别人交代，事物或多或少都会变了味道。

最近发现自己越来越无法在美景面前举起手机拍照了，这些日子在大山里散步的时候，好几次举起手机想拍下点什么，又放下。

视觉上单纯看见的美，与自己内心感受到的美好，差距也越来越大了，美景似乎不再愿意给我提供一个旁观者的位置，让我置身于美景之外，我与它们密不可分，并且这种融为一体的感觉，越来越难以讲述且无法分享。

拍照，真的是一种限制，这个动作一起，美好的境况就给破坏掉了。何况，拍照只是为了分享，这种靠别人的认可来满足自己的心理需求，对我来说已经无须再有。产生拍摄的冲动，不过是过去的行为习惯使然，能够察觉到这样的心理不适，去掉这个习惯也就指日可待，这也算是在美景面前一种谦卑导致的自然而然的沉默吧，毕竟，这样的境中有我。

以上这些变化，让我察觉到自己正在成为一个心灵更加自由的人。

其实，人心灵的自由是一个伪命题，多数时候都是一种假象。一个观念，一种思想，天空中飞过一只鸟儿都可以反过来困住你。当你是一只鸟时，你就不可能再是鱼。

人一辈子，"我不是什么"也许会有答案，但"我是什么"似乎永远无解，这恰好指向了一个人真正的心灵自由，这对于我算是一种最新的领悟。

我真的需要知道我是谁吗？

我真的需要向自己和别人去诠释我是谁吗？

我真的需要是谁吗？

这些纠缠了自己许久，又背负了许久，想到自己不再需要向别人和自己证明我是谁了，这多轻松自由啊！

神说自己是万物，却从不出来证明自己就是万物，这很无耻，我也决定这样无耻下去。

这么看来，自由不过就是一种对自己的真诚，你能对自己真诚到什么程度，你就拥有怎样的自由。真诚就足够了，其他的，也许真的并不需要。

　　心灵的自由，只是人生的一种方向，人无法在这样的方向上给自己确定出一个怎样的目标，然后去抵达，对自己说"我获得了心灵自由了"，或是说"这个就是真正的自我了"，因为说这些话的时候，一个自己就把另一个自己，又给关了起来。

　　这很可笑，是吧！

　　我都笑哭了……

　　人生的所有目标其实都很可笑，所以还是忘了目标吧，只需确定自己往这个方向走着，感受到自己的心灵越走越轻盈，束缚自己的东西越来越少，可以感受到的事物越来越丰富，这就很牛了。自以为是的东西越少，心灵就越自由，人也越容易快乐。

　　也许，这才是心灵自由的精髓所在。

　　也许可以换一个方式看待自己：可以利用这个人的大脑以及这个人的生命，做一点什么呢？

　　这正是神圣的视角。

优点与缺点

　　人一生都会被自己的缺点所困，妄想改掉自己的缺点。

事实上，人一生也无法改掉自己的缺点，所谓江山易改本性难移。

正是因为每个人都有自己的缺点，才印证了每个人都有自己的优势。

所谓改变的本质，不过是因为人逐渐成熟，学会了抑制或是远离自己的缺点罢了，或者会表现为，人更多地懂得了利用自己的优点。

世上根本没有改掉缺点这么一回事，成功的人不过是发挥了自己优点的人，绝非是改掉了自己缺点的人。

我现在以为，缺点的逆向障碍就是优点，你不用它，你不给予它机会，你限制它，这就是缺点的障碍物，你无法去掉或是改变它，你不用它就是优点。

缺点你不用它，它根本就不存在，如同优点你不用它，它也不存在一样。

你若是去做自己并不擅长的事，就会发现自己全身都是缺点。一个做着自己不擅长的事情的人是非常可怜的，所谓自卑者，不过就是做了自己不擅长的事情，时常都不得不使用自己的缺点的人。

不要相信什么逆境锻炼人，人们天生就不擅长逆境，动物之所以长途迁徙，都是为了找到更适合生存的顺境。人也一样，逆境只是为了提醒你必须远离它，去发现适合自己生长发展的顺境。

你一旦做上了符合自己性格天赋的事，你会发现自己身上到处都是优势。没有比做上适合自己的事情，更能让人获得自信。

一个人优点的逆向障碍才是你的缺点，妨碍你发挥优点的一切，放弃掉自己的兴趣和喜欢，无法认知自己的独特，无法坚持做自己，隐藏自己的性格，才是你真正的缺点。

可悲的是，有些人一辈子也没有发现自己的优点……

对于一个人最有用的人，最有益的事，是能帮助一个人发现自己优点的人和事。反过来说，对人最有害的，恰恰是能不断让你遇见自己缺点的人和事。

做一件事情，越做越不自信，你就应该考虑放弃了，不要去等待最后的结果。

空姐遇见强奸犯，本质上是一种美貌遇见了一个无良知、无理性、无法管住自己邪恶灵魂的、拥有致命缺陷的人。致命的缺陷，恰恰遇见了致命的诱惑，导致致命的悲剧。这是一个极端的例子。

人之所以虚伪、软弱、卑鄙、凶狠，很大程度上都是为了隐藏自己的缺点，这更加重了在一个不断显露出自己缺点的环境里，对于自己和别人会造成的伤害。相反，当人能持续运用自己优点的时候，总是能表现得更加真诚和自信。

自信是与真诚连接在一起的，它们也是与人的优点联系在一起的。自卑才生产虚伪，与它们产生联系的，肯定是某种缺陷。

你真的该重新认识一下自己的优缺点了。

这样不停地痛苦下去就该折返了

人生最重要的智慧，是应用自己的心智去溯源，寻找到生命的源头，找到因便找到了果，便找到了果的诠释，并以此解除自己人生的一切痛苦和疑惑。

若不能逆流而上，不能行至事物的源头，不能平静地专注于源头之上的领悟，过去的感觉，都是表面的、肤浅的，或者根本就是虚假的。

人生要从思维的源头、习惯的源头、感觉的源头、爱的源头，欲望的源头、痛苦的源头，去领悟生命馈赠给自己的一切。

既然是源头，便是自己生命原生态的一切。

你无权拒绝它，也无法修改它，更不用去装饰它，你只能去爱上它，去完整地接受它的一切，并且拿自己过去的经历，尽量给自己一遍又一遍地去描述它，拿自己已有的人生果实去验证它，去消化它，以便让自己可以彻底地理解它，牢记它是你生命的源泉，你必须享用它。

我算是把痛苦撸到了生命之源头的人，能看见痛苦从源头缓缓地流出来，既然是原生的痛苦，而非表面上的痛苦，痛也就痛着好了，就像是一种加冕，不再去追问值不值得。

随便举证一些源头吧：

1. 孤独的源头

没有人可以真正理解另一个人，你理解的也只能是你想理解的和可以理解的。我们可以抵达相对的理解，世上却无绝对意义上的理解，一个人不可能被另一个人完整地理解，这是人人都生性孤独的源头，又是每个人都可以做自己的力量。

孤独：你能领悟到这个源头，孤独便是你的原力。

2. 情绪的源头

情绪仍是一种事实，并且是无法逃避的事实。要面对和接受这个事实，取决于你可以看见多少构成这个事实的起因，真正的"控制情绪"并不能控制"情绪"这个果子，而是要去源头控制住它的成因。如果已经是情绪的果子了，再苦你也只能全部吞下去。

情绪的源头不过是内心欲望的和谐或是冲突，和谐的欲望产生好情绪，冲突则产生坏情绪。

情绪：你能领悟到这个源头，你应该知道根本就没有什么"管理情绪"，而是找到内心的平静。

3. 自卑的源头

自卑感产生的源头有可能来自虚伪，一个人越是能感觉到自己不够真实，既做不了自己，又做不了多数人，又无力改变这种状况，便陷入自卑。

反过来去理解，真正的自信，无疑源于一个人坚持了自己，成了自己，成就了自己的独一无二的个性，以个性获得了专属于自己的成就感。

自卑的源头，不仅是失去了自己，更多的还是已经感受到自己失去了做自己的资格和能力。

自卑：领悟到不过是失去了自己，那么自信就开始回来。

4. 欲望的源头

欲望即存在，存在即生命，有生命即有欲望。

欲望本身没有好与坏、美与丑之分，欲望不过是人们身体里流动的能量，关键在于这种能量的出口在哪里，它可以由身体行为向外流出，也可以从心灵的活动向外流出。

欲望没有具体在某一个对象上的时候，人是感受不到欲望的，人不会被欲望所俘虏，只会被欲望的对象所俘虏。

管理好了欲望的对象，人便驾驭了自己的欲望。

欲望：领悟到源头，你就会感恩，与欲望和谐相处，充分享受欲望带给自己的生命力。

我们被岁月冲刷，融入社会的洪流，离开自己生命的原点已经很久了，都不知道自己为什么来这个世界走一遭，你什么时候能游回来，什么时候便得以重生。

怎么才能逆流而上找到源头呢?

真实，只要赤裸裸地对自己真实，对世界真实，对自己一路泊过来的人生经历真实。

容不下真实的地方，肯定安放不下人的灵魂。真实，是人唯一的出生地，也是最终的栖息地。

对自己真实，绝大部分的人生问题都会迎刃而解，没有什么比对自己真实更加自爱的事情了。所谓，一事真，百事皆真；一事假，百事皆向虚无。

真实给予人最大的勇气面对自己，面对自己便找到了去往源头的路径。

人活着，对于自身总会有好多真实细微的感觉，这些都是极其私密的，你累积到一定程度，它们就会呈现出某种轮廓来；你再使点劲儿，它们就可以表现出细节来；你再雕琢雕琢，在某一天，就有可能发现一个完整真实的自己。

一件事物，在发生过很久以后，你仍觉得它是有意义的，那么它对于你就非同寻常，你去探究它便能发现自己真实的价值观。这代表着一个人可以摆脱岁月的迷惑，看见自己最不会被改变的部分，看见自己的来路，看见初衷。

人应该使劲扒一扒自己现实的处境，看看它们与自己想法、言行之间究竟存在怎样的联系，找到根源，领悟什么叫真正的"事出有因"。

因便是源头，源头即是生命。

突然发现

还有好多的事值得去做

好多的喜欢可以去喜欢

也许可以守着一棵花树

等着它开满花

也许可以在每一个清晨

拿着水桶去收集露珠

也许可以选出一颗星子
让它代表着自己

也许可以顺着一条小溪
寻找到它的源头

也许可以把这座山上的树
都取上一个个好听的名字

也许可以把钢琴搬到山里来
给自己的诗都配上优美的音乐

也许可以在山水涧
偷偷地给自己找一块坟墓

也许美好的
比美好还要多很多

你随波逐流已经很久了，再这样痛苦下去就该折返了，请逆流而上去溯源吧，把自己的一切都建立在源头之上，建立在生命的原生动力之上，建立在真实之上。

生活建立在独立之上，做事建立在兴趣之上，思考建立在自由之上，领悟建立在经历之上，修养建立在真实之上，关系建立在尊重之上，幸福建立在细节之上，财富建立在内在的丰富之上，智慧建立在以上这些之上。

爱情关系里的真谛

三年前我写过这样的一句话："你爱的这个我，我自己都不爱。"这句话到现在我的感受也就更深刻了，因为几年前的我，与今天的我，真的是一个天上，一个地下。一个人对自己不满意，对自己充满了厌倦甚至是厌恶，哪儿值得别人爱呢，又哪能去好好爱别人呢！（不过，现在的我已经是相当的可爱啦！）

一个对自己的当下满意的人是相当可爱的，反过来说，我奉劝大家远离那种对自己现状不满意的人，或者说，任何人妄想通过爱上另一个人来让自己对自己满意，往往都会落空。

可惜，人必须要经历过这些才能理解这些，才能领悟到这些，等到多数人领悟到的时候，已经不再有可能性了，至少在爱情这方面已是无力回天了。

所以，对自己也不是那么喜欢的时候，还是守住单身为妙，不要害人害己。

不过，人们往往也是在最不喜欢自己的时候，才特别需要去喜欢一个人或是被一个人所喜欢，从而逃避掉现在的自己。毕竟，每一个在恋爱中的人都是特别可爱的，可以暂时掩盖自己对自己的不满，要等到热恋的季节过去，要等到热情冷却下来，等到发现生活还是得再次面对自己，悲剧便重演了，这样的自己仍旧不是那么喜欢，你什么都没有改变，若结局是分手，那么一场恋爱下来，你完全有可能更不喜欢自己了。

我对这样的自己深有体会，曾无数次上演这样的悲剧，也才刚刚领悟，所以特别有发言权。

一个人提出分手的真意，根源在于这个人不再想要有另一个存在的这个自己，他想和这个不满意的两个人里的自己分开，想要改变的其实仍是他自己，不满意的其实是在这段关系中的自己，不过，他自己未必知道，他以为不满意的是这段关系的对象。而不想分手的人，是不想与对两个人关系现状满意的自己分开的，他喜欢的，并非这段关系的对象，喜欢的是在这段关系中的自己，他自己同样是不知道这个道理罢了。

记住真理：任何关系都是自己的投射，你以为自己喜欢的是关系里的对象，那不过是喜欢在这段关系中的自己；你以为你恨的是对方，其实你恨的是自己。

好的关系，深层次昭示出来的本质，是需要各自对在这段关系里的自己都满意。否则，分手是迟早的事。

一个人最终意义上的成熟，就是对自身价值完全地认同，在没有抵达这个点之前，一个人很难说对自己是完全满意的。

一个人对自己不满意时一般都容易怪罪到身边的人身上去，

这是人的自我认知上一个巨大的误区，能自我反省并自我完善的人是少数的人，或是已经成熟抵达了智慧的人。

所以，每一个人都应该自己去成就对自己的满意度，在恋爱关系上也应该尽量去认识那种对自己满意度较高的人，在一起的时候，应该彼此互相帮助以增加各自对自己的满意度，而不是去破坏这种对自己的满意度。

在现实生活中，能明白这点道理并践行这点道理的人很少。人们错误地把爱情、婚姻、亲人朋友都纳入到对自己的人生满意度中来，也就错误地转嫁了自我实现、自我完善的责任，把自己的不如意，对自己人生的不满意归咎到别人身上，归咎在伴侣、工作、事业、命运之上，这是人生最容易出现的谬误，也是人生痛苦烦恼最多的来源地。

一个人身外的一切事物只是认识自己、完善自己的工具，而不是人生圆满的组成部分，一个人即使是一无所有，孤独一生也可以达成自己的圆满，也可以成就自己的人生价值和对自己的认可。

人对自己不满意，总是寄希望于一个人、一件事的来临，便可以让自己对自己满意，这是不可能实现的，人们却对此抱有很高的希望，所以才会有极大的失望，并把失望归于是别人让自己失望，是生活让自己失望。人们在年轻的时候不断地进行着这样的循环，直到有一天发现唯有改变自己，一切才能有所改善，才算是找到了让自己满意的正确途径。

一个人只能做自己的主人，不要把不是自己的人和事物，纳入自我的部分。

父母的主你能做吗？孩子呢？伴侣呢？这些人你都做不了主，人只能做自己的主人，"我"是一个绝对的主体，携带妻儿老小的，叫"我们"。而任何"我们"，都只能由"我们"做主，而非我一个人做主。

你不可以携带"我们"去抵达圆满，从古至今，闻所未闻。

对于自己是一个完整独立的个体这件事，人生得从成年开始，再拿出二十至三十年的时间，才能够真正地认知，往往是从一系列惨痛的过往之中，捞出一个破碎不堪的自己，慢慢地修复，才能开始从孤独中受益。

我曾经写过："你若是破碎的，你所触碰到的一切都将是破碎的；你若是完整的，世界就不再存在任何缺陷。"

元宵节祝福：人生说明书

看一部电影，跟随着故事抵达情节的高潮，眼泪奔涌，竟然哭出了声音……

我越来越喜欢这种时刻的自己，自然而纯粹，心中充满了美感，生命力畅快淋漓地流动，不管是眼泪还是笑容，都让我感觉到自己的灵魂，爽爽地伸了一个懒腰。

　　多数时候，人们都不如让自己美美地伸出一个懒腰，就像一只猫咪一样，半眯着眼睛，使劲地舒展开身体，一张脸满满的惬意。

　　一个人在大山里生活，我竟然成了可以把微笑一直挂在嘴边的人，一整天地对自己笑着，偶尔在别人的故事里，纵情哭上一场，这样的感觉，像极了刚刚得手的爱情。

　　青春来了又走了，爱情像一季春天那样到来，漫山遍野的翠绿，再像秋天那样离去，铺满一地缤纷的落叶。

　　人生可真是有趣，多数时候，我们都不知道接下来会发生什么，事情发生的时候也不知道究竟是什么，意味着什么，不清也不楚，不明也不白。人随着事的发展而产生行为，一旦入了某个情节就再不能自主，不能说停就停，笑之前不知道会笑，哭之前也不知道会热泪盈眶。等待事情过去了，人也平静下来了，无端地就会给自己一份交代，心里会自然而然地长出一份诠释和自我说明。人往往在这些说明书的引导之下，才能持续不断地打磨和加工自己，才能长大成人。

　　就像我刚才用"灵魂伸了一个爽爽的懒腰"一样，我终会去诠释自己流下的眼泪，好像所谓的人生意义，只在对人生体验进行自我说明的时候，才得以显现。

　　意义便很像是种锦上添花的东西，像春天的花、夏天的雨、秋天的叶儿、冬天的雪。意义是欢愉之外的欢愉，悲伤之外的悲伤。

　　忽然就觉得：人的一生，就像是给自己弄了一份份的说明书，每个人的一生，都应该是被各种说明书链接起来的一本巨著。

这份说明书的核心就在于：参透和诠释自己经历过的痛苦和快乐，定义自己的人生价值和意义。

"我为什么这么痛苦呀？"

"我为什么这么幸福呀？"

作为一个人，这些问题总是要问自己的，每一个人都逃避不了，给自己去解释自己的存在。

任何事情总是需要先发生，先行体验，才可能产生接下来的诠释，才能自己对自己进行说明，才能开解自己和教育自己。其实，这就是人生最真实的面目。

糊涂的青春常在，似乎青春一过，每一个人都开始在心灵深处，书写着自己的人生说明书。

麻木的中年人也常在，似乎中年一过，好多人就不再更新关于自己的人生说明书了，人生不过如此，咣当一声巨响，关上自家的大门。

有人拿宗教来给自己一个终极说明，拿前世今生给自己一个诠释，拿神灵来给自己一个彻底的交代；有人拿钱、拿房、拿子孙后代给自己一份说明、一份交代；有人拿事业，有人拿成就，有人拿各种美好……

不管别人的人生说明书怎么样，我现在更喜欢那些无法说明的，毕竟，人生的绝大部分感受，根本无法进行说明。

从古至今，没有一个人完整彻底地表达过自己，正是这样才有了永恒的文学。

其实文学正是一场想把人生感觉进行说明的、永恒的诱惑，因此，才会让文人雅士们前仆后继，却谁也没有真正成功。

与人内在的灵魂相比，语言和文字真的是种限制。

语言和文字是人们走近自己大脑和心灵的工具，偏偏是离大脑越近，人越不需要文字和语言，脑子里最珍贵的部分，常常是用语言和文字也无法提取和存贮的那部分，这部分被人们统称为印象。

人们把语言和文字也无法判定的事物，称之为印象。人们有时觉得自己孤独、可怜，正是因为无法以语言和文字来表达自己的这些印象，我们甚至无法完整彻底地向自己表述自己。

印象往往更美一些，更接近灵魂一些，印象无法以语言和文字的标签去标注，所以印象很少重复，也不容易被我们所记住，印象只存在于当下的每一个瞬间，印象总会让人感到似曾相识。

真正的美，正是这些无法诉说的美，没有前因后果的美。能让人哭或是笑的，正是某种印象产生的那一刻，当人们试着去给自己诠释印象的时候，便再也哭不出来，也笑不起来。

"说明自己的人生"与"说明自己的印象"似乎存在矛盾，不过，人们既活在人生的说明书里，又活在生命的各种印象里，人们需要更多的美好，来加深自己对于人生的印象，也正是因为印象无法说明，生命才让人们如此神往。

我以为人生说明书必须要在内心表达出对美的倾向性，而印象正是这样的倾向性，这是每一个生命最起码的存在意义。这一点无须讨论，也并不排斥每个人对于美的私人定义，若是一个人对自身存在的说明，长期缺乏"美"这样的语境，这无疑是种最黯淡的人生。

其实，每个人的人生说明书正是为了照亮自己，而人生美好的印象，正是这样的光芒，正是这样的意义。

我不过是一个低着头看花草和溪流、抬起头来就微笑的人，朴实地想给自己弄一份关于"美的印象"的人生说明书，以最多的笑容，以最多的眼泪。

祝福天下所有的人，都有一份关于美好人生的说明书。

要做自己的主人，其实是很难的

人要做自己的主人，自己给自己的人生完整地做主，看似简单的一句话，一推敲起来竟然觉得非常难以实现。

这是我最近的领悟，带着点悲观的情绪，其实，真相似乎更加的残酷。

人生的前半部分，许多人根本弄不清楚自己所处的状况，在其虚妄又自大的背后，人生的重大事项几乎全是模棱两可的，有些是因为害怕，没敢去深入；有些是故意去逃避；有些是根本就还没有意识到很重要；有些是根本无法领悟……

比如，像"做自己的主人"这样的事，对于多数人来说，只有"自己是自己的主人"的感觉，却根本没有"做主人"的事实，回头看过去不过是随波逐流的一段人生而已。

我对自己的过去就有这样的感觉……

要真正谈及给自己的人生做主，我认为：多数人可能要等到下半辈子才能做到，自己的人生，自己可以做主；甚至有些人，一辈子也做不了自己的主人；还有些人，根本就不想做自己的主人，一辈子只想依附于别人。

能完整给自己人生做主的人，是极少数人。

在电影或是小说、戏剧里，上下几千年，"请老爷做主，请父母做主，请夫君做主，请大哥做主……"这样的话经常可以看到和听到，做不了自己的主，似乎就是人类的一种传统。

卢梭这样说："人生来自由，却又充满了枷锁。"

人们其实挺习惯让别人做主的，至少每个人都是这样子长大的。

孩提时代，人不过是父母的孩子，少年时代不过是学校的孩子。在这样的阶段是由不得自己做主的，在学校和家长的眼里，自己也不过是受教育、接受培养、获得生存技能的对象罢了，没有人把这个时代的孩子当成主人，自己也不会懂得自己是自己的主人。

关键还在于，从来就没有人教育我们：自己是可以做自己的主人的，自己是应该做自己的主人的，没有这样的课堂，也没有这样的老师，似乎也没有这样的社会。

野猫的崽子生长到一定程度，母猫就会用嘴叼着小猫，丢弃到一个离巢穴很远的地方，让其从此自己做主，生死有命。

看似残酷，实则大自然的生存法则。

一个人要做自己的主人，真的很难，一点儿都不轻松。

要做自己的主，首先要养活自己，要让自己身心都获得自由。

但是，养活自己容易，要获得自己能做主的工作却很不容易。

人一旦被一份工作所奴役，这个人就已经失去了很大一部分做自己主人的权力。

马克思把这个叫剥削。

要做自己的主人，还要在精神上做到不依赖于别人，对于多数人来说，这恐怕是更加艰难的。

首先，得不靠别人给自己带来快乐；其次，是自己能给予自己精神上的滋养和成长；最后，还得有属于自己的观念和思想，并以此为信念支撑起自己的人生。

做不到这三点，一个人很难说自己是自己精神上的主人。

针对第一点，现实生活中，多数人都把快乐建立在别人之上，建立在别人的评价上，建立在别人的爱和喜欢之上。

能在快乐和幸福上自给自足的，是极少数人。

人若是要依赖于别人给自己带来快乐，又失去了一大部分自己做主的权力。

针对第二点，人们生来就有奴性，源自于内心的匮乏而支撑不起自己内心的自由，并且害怕面对这样的自由。

没有内在的精神，一个人无法在精神上滋养自己，这就必须要有一个神，才能在精神领域养活自己，于是有人心甘情愿做了各种神的仆人。

针对第三点，我们内心有多少观念，有多少思想，都是别人的，包括：古人的、书籍的、社会的、被教化和被洗脑的……

对于这些东西，一个人若是没有完整地去推敲过、琢磨过、怀疑过，并且以自己的经历和阅历加以消化和吸收过，甚至在此基础上与自身结合而有所创新，变成专属于自己的对于自身和这个世界的认知。做不到这些，一个人很难说自己是这些精神思想的主人。

人们在精神领域的很多地方，仍然是过去的传统观念和思想的仆人，这才是人类最难以解脱出来的。

我活了大半辈子，才发现自己过去好多的言行，好多的观点和思想，根本就不是自己的，不过是别人精神思想的仆人。

我看见了被奴役的自己，我看见了人生绝大部分的荒谬，以及自己对自己的欺骗，一阵悲哀涌来，过去以为这些都是自己做主的，现在才知道，原来是别人的思想、社会的观念、群体化的思维，是这些驱使自己做出的种种人生决定和选择。

上半辈子，真的没有几件事是自己做主的，一个人，竟然可以背叛自己半辈子……

还好，现在还来得及，我还有下半生，还有机会做自己完整的主人。

要自己养活自己，这不仅是身体上的养活，也应该包括精神上的自我养活，不要依靠神，世界也没有神。

自己对自己，自己对于生活、对于生命，拥有较为完整的看法和认知，不仅可以支配自己的身体，也可以完整地去支配自己的想法。

要用自己的想法去生活，要让这句话不只是句口号，关键是确保这个想法真正是属于自己的，不是别人强加的，不是从外面舶来的，不是半路上听说的。

以上这些是我对现在的自己的告诫。

其实真的挺难的，我并没有我自以为的那么清醒和睿智……

我仍为自己没有受到良好的教育，没有一个好的导师而遗憾，我领悟得非常辛苦，我越来越以为：对于人类来说，唯一一项有意义的事业，就是教育。

突然想回到大学里去教书……

第五章

内心安宁，便是归途

我以为人生该追求一种花光用光的感觉

这阵子突然领悟到，自己拥有的东西，在有生之年，得把它们花光用光才算是不虚此行。

不是都说：人两手空空地来，只能两手空空地去嘛！这可不是什么抖机灵。

那自己究竟拥有些什么可以花光用光的东西？

我拥有身体、才华、智慧、个性、创造力、情感、爱的能力、时间、金钱……

我以为这些东西应该统统花光，最好是一点不剩。

才华是交了好多学费才得到的，也是花了好多的岁月，才明白了自己到底拥有哪方面才华的，总得要拿它来做点什么，创造点什么，通过去做符合自己才华的事情，给自己带来快乐。若是临死前还才华横溢，这得多浪费，带不走又是多么的可惜，得想方设法把才华用尽了才是。

个性是被生活所磨得所剩无几，又千辛万苦才找回来的，总是要拿它使劲绽放几回，把个性的力量释放完毕，人死了哪里还需要什么个性。个性是独一无二的，得通过它创作出一个特立独行的自己，得淋漓尽致地把它用干净了才是。

智慧是从各种痛苦、各种遗憾、各种迷茫、各种聪明反被聪明误之中领悟而来的，智慧是要拿来兑换各种欢愉的，是要拿来兑换人生各种各样趣味的。智慧又不能留下给别人，自己的智慧只有自己才能用，死前务必要把智慧用完。

爱和情感也是要拿来彻底花光的，该兑换成美好的，该兑换成眼泪的，全部兑现成各种感觉，要到死的时候把心装得满满的，要让自己有赚翻了要溢出来的感觉，填满至再也无可留恋，这样子，人走得也就痛痛快快。

至于金钱，本来就算不上是自己的东西，花在别人身上往往比花在自己身上痛快，所以，我早就把它们花光光了。

把自己花光也可以作为一种信念，是自己对自身价值最大的认同，没有比把自己的一切都花得光光的更大的享受了吧！也没有比把自己花光就更像是实实在在做了自己的主人，生命是被自己花光的，而不是被动地被造物主拿走的，这得让自己多么得自豪。

才华、智慧、爱和情感，你花得越彻底，人生越是精彩，不花光它们，你能把它们带到哪儿去呢？没有比尽情、尽兴、尽全力把它们花光用光更美好的事了。

现在的写作，偶尔会给我带来一丝把自己用光了的感觉，能把自己的经历，把生命中所感受到的一切，以写文字的方式用光光，这是我的幸运，虽然在花光之后会有点内心慌慌，但我现在拥有一座大山，我知道它会帮助自己往生命里不断地填充新东西，这又是我的一种幸运。

　　我突然就领悟到那些才华横溢的人，是为什么要自杀了，他们应该花光的，已经被彻底花完了，剩下身体一副空壳，留着确实也没有任何意思，不如也自己做主把它花光光。

　　也许哪一天我也写无可写了，幸运也被用光，其他的该花光的也已经光光了，那时候不活了也会很爽，找一种方式，主动地把最后的肉身也花得光光的。

　　哈哈哈，人生就是要这么爽，把自己花光用光，换来一个丰满的灵魂，飘忽于天地万物之间……

　　有一天我要成为云
　　轻如烟
　　浅白色的那一种
　　我最喜欢

　　要成为一滴水
　　要在小溪中流过
　　清澈见底的那一种
　　要有欢快的声音

　　要成为一位诗人笔下
　　一个句子
　　不是最美的
　　但一定是可以承前启后的

要成为尘埃

可以聚拢

又可以被风吹散的那一种

在任何的机缘下

我和我

可以重逢

什么是静

在山里住久了，自然对静特别有所得，而自己最大的收获，也是静。

回顾这三年多来，围绕着静，我也历经了好几个阶段：

从刚开始住进大山时，直观地感觉到环境的宁静；到内心的热闹与环境宁静之间的冲突；再到开始感受到真正的心静；然后进入到享用心灵的宁静阶段。而到了现在，静已经成为我的习惯，于我而言，再没有"闹"与"静"之分，即使是去到城市里，繁华与喧嚣也与我失去了联系。

整理这一路走来自己写下关于静的文字，已经相当丰富了，我按照前面说的几个阶段为序，一一排列再适当地加工，希望对大家阅读有益。

最初的静（二则）

（1）

最近总想让自己静下来想点什么，但又总是不知道该想什么，似乎什么都清清楚楚，但又觉得什么都是不清不楚。

（2）

但凡有点文化的中国人都喜欢过"宁静致远"这句话，我也曾有过这样的一块匾，悬挂于自己办公室的正前方。还真是应了那句"缺什么就标榜什么"，我当时对"宁静致远"这句话谈不上喜欢，只是媚俗地挂了这块匾而已，那时从未静过，当然就没有远过。现在看来，什么是静，什么是远当是生命的课题，也许一辈子也得不到答案，有朋友说我现在活在人生境界的两层半上，也许到了第三层，才能悟出"静就是远，远就是静"的妙境来。

"静就是远，远就是静"这样一句话，三年前我将它写出来，并且谓之"妙境"，当时是妄语，不过现在有真正的体会，不得不说自己悟性不低。

大自然的静与心的冲突（五则）

（1）

大山里的夜真的很静，我想现在掉落一根针，恐怕是真的听得到的。静，原来也是用耳朵听来的，这么说静也是一种声音，是一种比普通声音更能感觉到、更本质的一种声音。如果仔细地去聆听，静谧之中会有些淡淡的蓝调之韵律，稍不留神就会弥漫开来，而这般忧郁的蓝，也不知道是从静里流淌出来的，还是一直就在心里。

（2）

雨与我对着干，已经有几天了，天彻底冷了，坐在我的椅子上，得盖上一条毯子才行。天也黑得早了，四周静得不行，这儿毕竟是夏季避暑的度假区，人们都已经离去，这幢公寓估计就剩下我一个人了吧。每天天暗下来的时候，以及准备上床的时候，心里也会有些难受，不过我还是能安静地面对这种情绪，与它对话，告诉它这是自己选择的生活。要安静，要山居，要自由，你要了就会有代价，就得承受它的副作用。没有完美的生活，只有最适合自己的生活，拿身体的感觉与心比较，我还是会毫不犹豫照顾好心。不过一想到天亮我又能看到山和森林，夜又纯美了起来。

晚安啦，我的大山，还有淘气的秋雨。

（3）

夜失去了声带

被死静撑着

饱和的状态

来一点声音

就可能裂开

小心点

我只能像文字

一样

安安静静地热闹

（4）

夜太静了，静到你无法睡着……

（5）

秋夜朦胧，夏虫的求偶声已经断断续续，不再成调了。桂花的香只是一缕，还没有入心就散了。你的影子还没有成形，落到屏幕上就化了。

夜色这么静美，灯无怨无悔地照着……

从以上五则，大概可以读到我最初关于"静"的痛苦和快乐了。

开始享用和去悟什么是静

（1）

好久没去古镇了，四周的山已经被春天染成了嫩绿，镇子里幽静得可以，空气里有丝甜甜的味道，静是可以把一个人心填满的唯一的东西，静让你的各种感觉恢复敏锐，静是一种彻底和纯粹。

那些新叶，那种种娇嫩欲滴的绿色，已经盛满我了。

潺潺的流水已经盛满我了。

坐在家门口缝着小花鞋的老人，我感觉她就像我的外婆和奶奶，自然也已盛满我了。

破败不堪的老屋中正在绽放的玉兰，也盛满我了……

我听得到自己满足的心跳，我能再多一些感动吗?

（2）

"岁月静好"是一个很流行很时髦的词，与之放在一起用的还有"修行""禅意""儒、道、佛"，等等。

从字面上去理解，"岁月静好"当为"你安静下来，岁月就变好了，人生就免于痛苦了，便幸福了……"

这或多或少都会有些误导人!

事实上，你的心真正宁静下来，你对痛苦的感知毫无疑问是更深刻了，而因此能感受到更大的幸福。

真正的宁静带给你的应该是：痛苦和幸福的脉络都异常的清晰。

静不是安静，它的深意在于静出智慧，这样的智慧让你顺应着自己的生命学会了取舍，而舍不是舍去了痛苦，是舍掉那些对自己来说无关痛痒的毫无意义的欢愉和苦痛。留下来的一定能拿来丰盈自己的生命。

而静在此的释意，当是再大的幸福也不忘形，再大的痛苦也不妄为罢了。

静的真意，是你可以为了让自己获得真正的幸福，从而能甘心忍受更大的苦难!

木心先生说："生活的最佳状态是冷冷清清的风风火火。"

静不是麻木，不是失去激情!

好是内心的柔软、滚烫和深情！

（3）

一直想，关于"岁月静好"再写点什么，刚才其实已经写好了一篇，大概也有两千字吧！因为一直在手机上写作，也不知刚才点错了什么，一下子全弄没了，怎么都恢复不了，然后人半天都没静下来，看了一会儿书后，下决心还是得把它重写出来……

在一段日子里，我一直想寻找那种所谓"岁月静好"的人生感觉，却始终寻而不得，好像静总是容易，但是要加上一个好字，却怎么都不得，于是有了"岁月静好"是天下最大的装酷的感慨。

或许是静得还不够……

或许是对静好的理解程度还不够……

关于"岁月静好"最有名的故事应该是张爱玲了，她与胡兰成的一纸婚书上写着"愿使岁月静好，现世安稳"，可是两个人最后的结局却与这几个字怎么也扯不上关系，反而给如此文艺的句子添上了几分讽刺的意味……

或许"岁月静好"只是人们正视现实人生，把玩无奈的一种美好的愿景罢了，我还是迷惑……

静，或许是去掉好多的欲望……

静，或许是种世外桃源……

静，或许是无视某些境况，所谓不听、不看、不想、不感……

静，或许是某种更深不可测的，类似于禅的东西……

静，或许是宠辱不惊的淡泊和从容……

静，或许是安静的悲伤，理智的忧郁……

静，或许就是一种修行，佛家的信仰……

静，或许是一种当下，没有过去，不关乎将来，一种瞬间或是片刻的心态……

"岁月静好"究竟是一种感性的状态，还是一种理性的结果，还是介于两者之间的平衡？

我还是有些迷惑……

如果人生再也感觉不到痛，那还能感受幸福吗？

如果人失去了激情，还有快乐吗？

如果一个人的人生不再犯错，这样的人生有意义吗？

如果没了欲望，那人还有本性吗？

如果失去了敏感，五官会退化吗，还会为一段旋律而流泪吗？

我还是迷惑……

今天看到一段文字：静修禅定不是对外界失去感应，而是变得极其敏锐，但却是切断感官之后的反应，因果之链。见美女仍然是美女，但却没有了连接的欲望反应……

哦，这大概就是所谓的"岁月静好"吧！

我想大笑不止……

最后给"静"做一个总结陈词

静应该是丰富的……

真正的静是把所有的感觉都打开，包括感官、皮肤和知觉，也包括心灵。

真正的静是最彻底的、最丰盛的觉。

静是轻松和愉悦。

静可以近，也可以远。

静是身体和心灵的统一。

静是让心里的痛苦和快乐都有了清晰的脉络。

静是允许自己听到一声叹息。

静的诠释就是"悟"和"禅"的诠释。

静是中华文化的魂魄。

静就是美，美就是静的安慰。

静是你平心静气地读这篇文章，一次不行，就再读上几遍，然后写下自己的收获……

一颗完整的心灵

一个人一颗心，过去总以为这颗心是用来向外给的，于是东给点西给点，以为可以换点什么回来，让自己这颗心变得更完整。现在觉得根本不是这样子的，自己的心是自己用的，别人的心是别人自己用的，完整的心是自己给自己的，而"完整的心"的意思是"我就是这样子的"，于是完整地接受自己的这个样子，也意味着要去承认别人也就是那个样子的，于是可以完整地接纳另一个人。

越是完整的个体越是能在一起创造生活，那种合起来才会变得完整的想法，你真以为可以舍弃自己偌大的一部分，去填充另一个人缺失的那部分？你做不到，别人凭什么就可以做到？况且，你真的去填补了一个人的缺陷，那么你没有填进去的另外的部分，在彼此眼里都是一个斗大的"错"字，成为生活中痛苦的由来。

一颗完整的心，则意味着你对这个世界的感受也是完整的，不会总是感受到这是一个充满缺陷的世界，于是重复遇上充满缺点的人，重复着充满缺陷的永不满足的生活。

一颗完整的心，则意味着自己首先是圆满的，你可以自己一个人生活，也可以同另一个圆满的人一起生活，这样你们只会叠加快乐，而不是增添缺陷、彼此埋怨而让生活变得支离破碎。若是一个人的存在，可以让另一个人变得完整，那么，一草一木，一条狗也可以让一个人的生命完整。

一颗完整的心，是用来感受生命之美好的，你可以用来感知大自然的风景，感受人类的各种思想，感受人文艺术，感受那些可以超越时间、永恒的东西。这些感受会让自己变得更加的丰富，并以此更好地认知自己。生命以丰盛的人生体验和精神领悟为高贵，不仅仅是用来感受另一个人。况且，另一个人从生命的本质来说与你并没有什么不同，你若是乏味，会感到另一个人更乏味。他的存在，必须是丰富的，从终极目标来说，同样是让你去更好地认识自己，若是这种关系无法让你去认识一个更美好的自己，这样的关系就失去了存在的意义。而要做到这一点，他必须是一个精神生活同样丰富多彩的人，否则，陪伴是长情的，长情离开了丰富必是寡淡的、令人厌倦的，这样的陪伴不要也罢。

一个人意识到了自己的完整，任何关系都只是锦上添花的事，只是在完整之上的升华和充实。

一颗完整的心，是自我极具安全感的，不需要另一个生命来给予；一颗完整的心，是充满感恩和宽容的；一颗完整的心，是充满慈悲的。这些是一个人可以让自己抵达平静的基石。

这世上只有一样绝对的好东西，就是平静，就是平静下来的日常生活。

一颗完整的心，即一个完整的灵魂，哪有风可以吹散的，哪有雨可以淋湿的，哪有死亡可以撼动的……即使世界都塌了，你仍是完整的。

世界本就是完整的，却满世界都是向外寻找而不是向内发现的人……

滚滚红尘，人间归途

说水流向大海，水真的会流进大海吗？大海又流向哪里？大海从来都不是水的归宿。水在天空、大地、小溪、江河，在万物的体内轮回，水才是水的归宿。

彷徨

人并不是那种平静下来，就可以一直平静下去的。

在大山里这些年，我体会最深的就是各种反复，从平静到喧嚣，再从内心喧嚣到恢复平静，每一次轮回，都比上一次更加深刻，而每一次喧嚣，也比上一次更难以战胜。人在越接近真相的时候，越是呈现出需要自己决绝取舍的时候，越是人最困惑的时候。

两次半夜醒来，怎么也无法再睡着。熬到凌晨，醒来已过了中午，这种状况在山里生活这么多年，从来也不曾有过。

失眠带给我恐惧……

梦境

那夜

我梦见树

树上开满了花

我看见泥土

月亮醉倒在水里

风用树做了一个摇篮

我在一朵云上醒来

太阳有两个酒窝

世界满满都是因果

我却渴死于姻缘

昨夜

还是寂寞

我梦到音乐

你是跟着一句歌词出现的

宁静的湖面被搅拌出

好多个月亮

投映着我漫堤的慌张

你还是那么完整

唯独梦境

失去了漂亮

清晨起床打扫卫生

像是你没有来过一样

今夜

雨滴了几滴就跑

只剩下心和夜跳成

同一种声音

月亮仍然躲在云里

一盏夜灯只有七分的美好

三分被二月的冰冷拿走

月亮快出来吧

如果能照见你的小虎牙

我可以枕着你的微笑

入眠

梦里又出现好多

调皮的文字

它们总是说我老了

然后大哭

你从不发一言

只是微笑

怎么办

我怎么办

决绝

内心喧嚣了好一阵子，这两天终于平静下来，

感觉自己已经触摸到更深的孤独，也遇见了更深的平静。

这一次

平静在我身上

生根了

限制被开解

补偿正在到来

残酷只剩下背影

为此

我斩断了一对

刚长出来的翅膀

我只在梦里

听见过它

飞翔

与己决绝

不许再做一个

偷偷长翅膀的人

释然

滚滚红尘，似乎人人都需要归宿感。

人生一辈子，怎么也得给自己找到一件，一做就可以让自己感受到愉悦，感受到生命意义，感受到生活美好的事情，并让这件事情成为自己生命价值的核心，也唯有这件事，才能让自己与其他动植物区别开来。

人们把这样的一件事，称为信念、信仰、精神归宿、人生追求、理想、梦想……各种不同的名字。

没有这样一件事来撑着，活久了就会觉得很无聊。

这件事情的对象，最好不要是另一个人，无论是爱人还是亲人，人不能把自己生命的核心价值，放置在某一个人身上。稍微有点阅历的人都应该知道，人连自己也控制和改变不了，谈何容易去控制和改变另一个人，若是把人生价值放置在另一个人身上，等于放在一件完全不受自己控制的事物身上，一个灵魂以另一个灵魂为价值，做这样的人，人生崩塌是早晚的事情。

仔细想想就会觉得很荒谬，但多数人得等到这条路实在是走不通了，才能醒悟过来。

女性中，这样的人要多一些，源于女人的情感欲每时每刻都存在，容易把感情当成全世界。而男人的情感欲却是周期性的，这足以让男人早早就能发现除去女人之外，还有另一个需要自己去征服的世界。

也正是如此，男人只想在床上控制女人，女人却妄想在人生中去完整地控制一个男人。

在感情世界里，似乎人人都是失败者，没有什么是想不通的，看看自己身边的人。感情和婚姻的失败，不过是因为我们那时候不知道自己想要什么，也不知道自己可以给予别人什么罢了。

人都不知道自己想要成为什么样的人，偏偏还认为可以和另一个人一起共同成长，还要长成彼此都喜欢的模样，这本身就注定只是一个美好的童话。

人人都做过这个童话里的王子和公主，这本身就是一种美好，而成熟的真谛在于人人都可以超越这样的美好。

这个世上"过来人"一点也不稀罕，稀罕的是过不来的人，以及过来后变得更加真诚的人。

不要再怨恨了，女人不要怨恨男人，男人也不必怨恨女人。也不要怨恨爱情和婚姻，既然人人的感情生活都有这样的境遇，人人必须要经历这样的成长，唯有醒悟，不再愚蠢，对自己经历过的一切生出些感恩之心，这样的成长过程，并不影响活着就该继续去追求美好。

让该结束的彻底结束，让该开始的重新开始。

你是对的，我也没错。这才是一个人的正直和成熟，这才是处理人与人之间感情关系的精髓所在。

原来以为，自己在感情上犯了那么多错误是可恨的，现在才知道，正是那些错误，才让现在的自己显得如此可爱。

释然……也许会要等很久，但感恩所有的遇见，是你们成就了我现在的孤独。

精神与情感

情感的归宿感，与精神的归宿感，是两种完全不同的归宿感。

　　现实生活中，人的情感并没有真正稳定的归宿，也可以说，情感一直在不停地寻找着自己的归宿，这源于人类的情感欲，天生就飘忽不定。男人女人的身体，无数次背叛自己的精神，人唯有在这一点上，一生都可以自欺欺人，即使是婚姻稳定的人，也并不等于情感就有了归宿。况且，那些现实中并没有情感归宿的父母们，仍不妨碍他们敢对自己的孩子逼婚，可见没有精神归宿的人，一生是怎样的荒谬和苟且。

　　没有找到精神归宿的人生，其实是充斥着各种形式感而空洞的人生，一天到晚地奔波，尽往生活里填充些自己根本不知道该如何享用的内容。

　　每一个人的人生，都得拿大半辈子去体验不知道如何是好，若是下半生还延续这样的"不知道如何是好"，那么厌倦总该是知道的，缺憾总该是知道的，人生的破碎感总该是知道的。

　　人生本就是易碎品，无论怎样小心翼翼，也改变不了其易碎的事实，人既然无法小心轻放地过上一辈子，必然要在破碎之后，重新去找寻完整的意义。

　　所谓精神归宿，不过是一种把碎掉的人生，可以重新缝合起来的东西，让自己知道什么才是好的东西，其实是种特别朴实且落地有声的东西。

　　事实上，当人找到自己的精神归宿以后，反而更清楚应该去找怎样的情感归宿，也终于知道自己该成为什么样的一个人，自然知道自己应该去牵手一个什么样的人。

　　一个人可以成为另一个人的情感归宿，但绝不能用情感归宿直接来替代精神归宿，感情生活只是人生中的一个部分而已，一种去体验美好的源泉而已，生命之美好，不仅仅只有感情这一个源头。

不过，两个人的精神归宿和情感归宿若是可以重叠在一起，这又是人生何等幸运的事。这个似乎不能去偶遇，只能主动去求才可以。

精神内核是枝干，情感是枝头红艳艳的花朵。

没有精神归宿之前的情感归宿，真的不靠谱。

智慧

归宿更像是一个人最终确定下来的、与自己相处的方式，归宿就是在自己心里，给灵魂安放一个平静的家。

一个人在没有与自己彻底和解之前，所谓设定人生目标，不如说是给自己制造自我冲突，设定一个又一个痛苦的诅咒，达成目标和没有达成目标都让人自我怀疑，自己挖坑，自己掩埋。

真正抵达了和解之人，是那种不再给自己设定目标，又清楚自己每天在做什么的人。

活着就是去充分体验生命，所谓人生意义，并非是经过思考后才感受到有意义，而是以生命本能的感知为线索，经过思考去确认和领受其中的意义，正是这种领受的过程，可以带给人巨大的喜悦。

这样的感悟我最近体会得特别多且深刻，这是灵魂真正的安宁。

说水流向大海，水真的会流进大海吗？大海又流向哪里？大海从来都不是水的归宿。水在天空、大地、小溪、江河、在万物的体内来回地轮回，水才是水的归宿。

心若澄明，映照的必是万物本来的样子，人能做好的，无非也是自己本来的样子。

终归，看破也好，看透也好，归宿都应该是种打开而不是隐藏，都应该是敞开而不是封闭。破则通，通则透，透则宽阔，破掉的什么都不再是，而透则可以接纳万物。

为此，我敞开自己以接受一切。

凡隐的、藏的、封闭的、拒绝的，皆因没碎得完全，没有澄得彻底。

归宿，不过是指在平静之中，融于万物。

要求得这个境，智慧才是唯一的归途。

医院日记

医院是一个朴实的地方，容不下任何浮夸，骨伤医院是一个无常和意外聚会的地方，只要是稍加观察，不难发现好多人生的奇妙之处，况且我还是一个敏感细腻的人儿……

　　和别人在一起，仅仅是宁静平和就欠缺了一点什么，适当地流露出温情，自己感觉得到，别人也能感受到。温情是在平和之处静静开放的花。

　　温情与热情不一样，人无法拿温情来骗人骗己，温情是自己能够感受到的、最真诚、最动人心弦的境界，是一个充溢着细节的非常精妙的世界。

　　对于母亲，我会流露出温情再正常不过了，隔床的一位大姐，我一看到她看我的眼神，便问："你是想要起床下来吗？"她说："是啊！"我把她扶下床，她说："你怎么知道？"我说："我是半个神仙嘛！"然后笑……

　　实实在在的生活充满了各种限制，心灵可以穿透这样的限制，而无法打开的心灵对于一个人，就变成了双层限制。

　　我想做一个没有自我设限的人。

　　压力源自于内心的冲突，是种内在的失衡状态，并且是负面情绪略占上风。"有压力才有动力"是句玩笑话，内在的动力与压力不是一回事，任何事物在非正常压力之下都会变形，况且，没有比内在的平和更大的动力。智者是在平静之中无所求又无所不求的人。

　　一间病房里全是有压力的人，无论是病人还是他们的亲人，母亲也有，我能感受得到，但我没有，这是区别。

　　智慧并非思想，而是实实在在的行为。有些道理没有听过，听了却不懂得，懂得却没有体会，有体会了却没有领悟，领悟了却没有形成行为习惯，这样的道理其实都无用，唯有变成行为习惯的道理，才能称之为智慧。

这两天我都在试图以行为带给母亲一些启发，其实很难，她爱对我说明天和以后的事情，而我几乎不想明天的事情，真实地活在当下。

"不迎不送"，这样的道理过去听过、读过、理解和领悟过，现在慢慢地变成习惯，我知道这一路走来有多么艰难，顿悟容易，变成行为不易。

真正的内心自由能够将人导向愉悦，自由越是宽阔带给人的愉悦越是深入。痛苦的内心是谈不上自由的，痛苦是内心最大的限制，内在的成长必须是向愉悦方向上的生长，愉悦是最真实最具价值的存在感。

真实就像是地心的引力，无论你怎样飞翔，总是能够拉你回来面对，或早或晚。

真实其实是帮助人们去除鸡毛蒜皮的琐事的良方，而自我欺骗会让人感觉到麻烦不断，处处不省心。

与真实相比，虚伪就是一种束缚，真实是最自然而然的释放。

这两天在医院，我以自己是否能保持愉悦，验证着自己是否有足够的真实。

有痛苦的人是很难产生慈悲心的，痛则生怨恨，身体难忍的疼痛甚至会生出对生命的怨恨。

有过身体疼痛的人，应该知道我在说什么，所以，健康，健康，健康，重要的事情说三遍……

自由与束缚只有一墙之隔，大脑的能力有限，选择出来的东西往往都是束缚，心灵则无限，越自然就越自由。

人生并不需要见解，见解容易长大成观念，成为束缚，人生最需要的是直接真实的感受和体验。

头脑从来不会孤立地去认知一种事物，总是牵绊着过去的经验和未来的虚妄，真的就像是一团糨糊。心灵则不一样，每一种感受都是孤立和纯正的，因为大脑的加工，才让人的感觉变得浑浊，才让人以观念去替代感觉，阻碍人们获得丰富的感受。

人们还不懂得：没有大脑参与的心灵感觉，会有多美好。

智者能够拒绝大脑的支配，他们多数时候都是在听从心灵。

以上的这些，是今天在医院的读书笔记。

祝福大家健康！

笑……

在医院里的一些感悟

这两天在医院里照顾摔伤的母亲，收获了好多感悟，分享一些点滴，于读者有益。

对于人生的无常，是接受，而不是承担，是完整地接受，而不是选择之后的接受。任何承担都给人以负重感，而接受让人轻松，你接受得越是完整，你就越轻松。

如果你的内心是温柔的，你触摸到的一切皆是柔软的。

像给亲人端屎端尿这样的事情，同样是温情满满的。

在做完要做的事之前，就应该去做想做的，彼此之间并不会真正发生冲突，冲突的不过是自己平静不了的内心。何况，人生不心甘情愿的事情，哪有可以做完的时候呢，这也算是一种无常。

平静下来的我，一边写作，一边照顾母亲，哪里会有什么冲突呢？

做好一个儿子，与做好一个写作者，于我来说都是做自己。

人最不容易的，是连沉默也是真诚和温柔的。

守护着母亲，我有这样的感觉……

人应该拿温柔，自己给自己交代。温柔地对待自己的人，很难不温暖地对待他人。

人身体上最坚硬的部分是牙齿，它的存在是为了让经过它的食物变得柔软。人生的所有的坚强都是同理，人必须温柔地对待自己。

所有的强大和坚韧其实都是过眼烟云，而最重要却是：你这辈子，曾经温柔地待过多少事、多少人。

这些温柔，无疑最后也都给予了自己。一个能完整地接受自己的人，往往温柔。

病床上的母亲

一碗饭

我吃一口

喂您一口

一碗青菜
我吃一夹
给您一夹

一块萝卜
您说烫了
我吃一半，另一半给您凉着

您说："儿啊，我们相依为命，
我又耽误你了……"
我说："妈，这才是天伦之乐！"

山里的老人

晚餐后爬山，下山的时候迎面碰上一位从小岔路走过来的大娘，她给我一个带点腼腆的微笑，我还来不及回应她的笑，她已经走在我前面去了，背上一个背篓，一头花白的头发。

这个微笑给我印象深刻，腼腆、真诚、干净，又带着点老人的智慧，一张满是皱纹的脸如此生动，它的美好让我反应迟钝了，让我没有来得及回应。我的心，我的大脑距离我的笑容还是太远了，还无法立即接收到和回应如此美好的东西，要不就是我变得越来越笨拙了。

其实我看见过她的身影很多次了，每次傍晚爬山都能看见她在半山腰干农活。这座山早已经划归景区，早已经退耕还林了，不过当地管理并不是那么严格，很多山民都在山上寻一小块没有长树的土地，种些蔬菜什么的。这位大娘似乎每天这个时候都会来照顾下她不大的一块地，也不是为了生计，这山上的村民因为景区的拆迁安置，家家都很富裕，已经不再需要这样的劳作了。山里的年轻人、中年人都不会再上山干这样的活，但老人们不行，没有这样的种植他们或无所适从，也许这是他们活着的另一种意义，或是人生智慧的另一种方式。大概什么人都有割舍不掉的习惯吧，不需要什么太具体的意义，但没有就肯定不行。况且，一做起来，铁定的身心健康快乐，和我每天这样写文章，同属一类事，没有高低。

我只能这样去理解了，播种、施肥、收获的事我也做过，像是与植物的生命在对话，在交流，又像是在与自己的生命交流。在土地上的付出，总是付出一分便收获一分，土地不会坑蒙拐骗，蔬菜的生产期又符合人的心理预期，可以看见发芽、开花、挂果、成熟，对于一个孤独的生命来说，做这件事情很是治愈。

回到老人身上，山上这样的老人不少，我仔细观察过他们，面善、平静、安详、智慧并且很精神，话却很少，与城市的老人还是有明显的区别。我喜欢他们的眼睛，深感人格的贵贱可以从双眸里看出来，贱的眼睛浑浊黯淡，透着萎靡；高贵的瞳孔，明亮澄澈，闪烁着人间的挚爱。

我允许自己成为和他们一样的人，像今天这样普通、平静，感觉却很丰富，没有什么需要再去改变的一个独自老去的人。

写作与阅读皆是灵性的体现

写作

写作者若是对自己真实，写作的时候又能对文字的本身保持朴实和真诚，那么写出来的东西，无疑可以代表作者"当下的境"。

这些"境"既由岁月而来，是写作者自身阅历、经历、经验、见识的累积。

这些"境"也由作者的当下而来，是作者对此情、此景、此刻最真实的认知，是灵性对过去、现在、未来一并的领悟和穿越。

写作天生是件灵性的事，是作者对"当下的境"最完美的自我交流和告白。

写作本身，正是作者使用灵性的一种方式，灵性没有任何目的，带有灵性的写作，同样没有目的。

作者在写它们的时候，这些灵性一定是鲜活的，一经发布，它们就已经死去，变成尸体。

灵性是作者与读者唯一的连接点

见识、阅历、经验等都不是灵性。

见识是一个状态词，不要当一个名词，包括有不断丰富的"见"和不断丰盛的"识"，"识"为感觉上升的"见"。

对"识"的领悟归于灵性。

阅历是一个状态词，不要只当是一个名词，指不断地阅读自己的经历，通过书籍和艺术，阅读别人的经历。

阅历里面不断丰富的领悟归于灵性。

经验是一个名词，指经过验证的东西。经验并不好用，被它验证的只是过去，过去无法重复，经验无法应用于已经产生变化的事物。

经验是名词，是死物，与灵性无关。

见识、阅历拓展人的心灵，丰富人的想象力，经验往往限制人们的想象力和创造力。

见识、经历和阅历是想象力的食物，内心贫乏者是营养不良。

人会因想象力贫瘠而无法阅读。

对作者和读者而言，经历、阅历、见识、经验不过是大脑里面的存储物，是灵性在整理、加工、调取、使用这些存储物。

什么是灵性？是当你想滔滔不绝时，能让你陷入沉默的东西；是当你内心喧嚣，能让你平静的东西。灵性是人对于自己生命存在的感觉，灵性不是一种思考方式，而是一种直觉。

灵性是领悟力。

阅读者

阅读这些文字的人，即便是有所共鸣，也不可拿作者的认知，替代掉自己对于岁月和经历的认知，也不可能去领悟作者完整的领悟，人只能领悟自身的领悟，无法把某种思想，直接拿来当自己的思想。

因此，在阅读过程中，强求理解是自寻烦恼，强迫自己与作者抵达同一种"境"，更是种虚妄。

作者的文字一经发布即是死物，唯有靠阅读者自己的灵性，这些文字才重新活过来，注意，不是作者的文章又活过来，活过来的部分，是阅读者自己已经死去的部分。

阅读让读者通过自己的灵性，让死去的部分活过来，活过来的文字已经变成读者自己内在的文字。

不要相信文学可以给予一个人系统性的思想，文学只是碎片化的启迪，只是协助你形成自身思想，刺激人灵性苏醒的诱因，就像是一个桥梁，你必须亲身走过去，看见的也是完全属于自己的风景。

文学并不教育人，文学只是一种唤醒，人依靠灵性而自我成长，自我教育。

文学是艺术，艺术仍只是"术"，无法给予人以"道"，人只能从艺术之中获得灵性，去悟自己的道。

万物有灵，注意，灵性是共通的，正是这一点，才成就了创作和阅读。

我有那么多的花骨朵，你们看见了吗？写完这篇文章，又流泪……

漫话音乐

我的邻居里有一位二胡演奏家，住在另一幢楼里，我与他从未谋面。"演奏家"的称谓只是我根据他的演奏水准做出来的判断，虽然我正在做的事情常会被他的音乐突然打断，我却愿意与他的音乐相怜，他的旋律里有着和我一样的孤独，每每传来就像是空中有一绢深紫色的丝绸在缓缓飘散开来，在这座大山的宁静里美到极致。

我以为弦乐本就是最容易牵动内心共鸣的一类音乐，一只手拉弓，这是力量的舒展；另一只手揉弦，这是心灵最深处的释放。往往是入了心的旋律，那支弓就像是在你的心弦上拉动，或是缝合，或是撕裂，弦弓牵引到深处，恰逢最高音，或是最低音，好似在你的心尖上跳跃，弦音的颤动，一直往你最敏感细腻的地方揉去，你屏住呼吸，恨不得在那颗婉转渐隐的音符之下，缠缠绵绵地死去，当弦弓牵引回来时，再跟随着新的、有点劲道的音符，瞬间活过来。

　　人的一生能在这样美好的情怀之中，死去几次又再活回来几次，该是一件多么幸福的事。

　　总有人筑台邀月，总有人在月下邀风，人若是身体疼痛，找人按摩可以减轻疼痛，心若是疼痛，大概也有抚摸它的方式，以书，以音乐，或是以一场壮丽的风景。

　　我愿意被这样的音乐抚摸，并不是因为内心疼痛，这样的音乐总是可以引领我进入到灵魂的深处，发现一些不可言喻的部分。一直以为音乐所能抵达的境，才是生命至高的境。

　　我们平时所说的"美"都是感官天生的偏好，美景、美食、美人、美妙的音乐。

　　还有一种美好，感官是感觉不到的，得依托人的心灵，我叫它"美的意象化存在"，无法具体，又确实存在，万物都具备。

　　像是种"是它又不全是它"的心灵觉察，无法被叙述和描绘，只是一种境，却没有界。好的音乐确实可以表达出这样的境，把人、音乐和环境融为一体，同样没有界，抵达的是无穷无尽的平静与和谐。

　　似乎人与人之间，人与万物之间，就依托着这种无形的美好，彼此深深地联系起来。

　　我总认为，一个平静下来的人，一个灵性真正被开启的人，应该可以感受到普通人无法感受到的事物，就像我可以从邻居悠扬的韵律中，感觉到自己便是他奏出的音符，万物在聆听我，我也在聆听万物，在这样的和美之中，不再能分开彼此。

　　一位优秀的演奏家肯定是最懂琴的，懂与不懂若是拿人与琴的关系来表达，不懂之人只要拨响几个音符也是不和谐的，自己听起来也是噪音，精通者却可以用它奏出和谐美妙的韵律，大师可以做到琴人一体，可以随心所欲。

人与琴之间的关系是简单的，掌握其中的乐理，再加上持续不断地练习便可以驾驭。

人与人却完全不同，人与人互相为琴，你拨弄我，我其实也想拨弄你；你有你的乐理，我有我心中的韵律；你正激情澎湃，我却徘徊低迷。况且，总还有言不由衷的，总还有虚情假意的，总是还有抱怨厌倦的。

没有人心甘情愿只做别人手里的琴，人与人之间能奏出如天籁般和谐美妙的音乐，不过是时光偶然的赏赐。

若是人与人之间的关系也可以完全臣服于共同的道理，再加上持续不断地练习，是否也可以融为一体，不再发出不和谐之音。

这真的很无奈呢！人间确实没有这样的事，生命最高的境界注定只能独自前往才能抵达，并且在这样的境界里总是有那么多的孤独和悲伤，这也正是顶级艺术品所表达出来的，人类情感最丰富、最复杂的那部分。

诗人歌德曾经说过："不爱音乐的人，不配做人，爱音乐的人，只能算半个人，只有对音乐倾倒的人，才能完全称作人。"

这算是从古至今，对于音乐最高的赞美。

音乐是感官的艺术，人们对于音乐的感受是最接近于自己天性的，音乐似乎并不需要以思考的方式去理解才能接受，正是如此，人人都可以被某种音乐所打动，各种层次、各种各样的人都有自己喜欢的音乐。

音乐有着无穷无尽的变化，但每种旋律都得服从于一个相对稳定的节奏，变化的也只是在节奏之上的音符。音乐之所以那么容易打动人，是不是就在于这种变与不变的和谐呢？这太像人生了，与音乐产生共鸣的时候，总有好多说不出口的懂得，悲喜总会变得更深刻更浓郁一些，身体和心灵也可以跟节奏一起摇摆。

音乐对于人们心灵的滋养是明显的，通过感官触碰心灵所产生的体验，可以构成一个人最普通的精神生活。我想说明并非只是思考或是某种思想，才能创造出人的精神生活，只是感官上最纯粹的体验，让人做到身心合一，便可以获得精神愉悦的极致体验。

我更向往不用思考的精神生活，音乐其实比文学更能代表这样的生活。音乐是不会讲人生道理的，这点与文学完全不一样，音乐最重要的表达是让人可以去印证连现实生活都不曾发现过的美好，然后又再反过来，丰富着人的心灵。

音乐似乎是一种能让心灵长出脉络的东西，像是灵魂里有一颗逻辑清晰的树一样，怎么来形容呢？比如快乐吧，有的人就知道自己是快乐的，然后就到此为止了，但是有的人就能分清楚，自己是种什么样的快乐，是心灵的，还是身体上的；是强烈的，还是淡淡的；是持久的，还是短暂的；是表面的，还是灵魂深处的。

音乐总能直接地表达人的喜、怒、哀、乐等情感，而每一种喜、怒、哀、乐里又还会有酸甜苦辣的各种味道，音乐可以把这些感受渗透在一起，人只能去感受到它，确认到它，却不能去讲述它，所以，音乐才可以如此接近人类的灵魂。

也许这才是艺术的本质吧，不能用纯理智的方式去看待它，或是再以文字去描述它，音乐就像是无所为而为的东西，不能有任何的功利心，也不可能强加于别人，一首音乐作品每个人听后产生的情绪都是不一样的，甚至于不同的时间听同一首曲子的感受也是不一样的。旋律之中的快乐和悲伤每个人都能听出来，但是究竟是哪一种快乐或是悲伤，一个人就只能去映照自己的灵魂。

我发现自己的人生这么一路走来，对于音乐的理解和感受，与对于人生感受，其内在的联系是一致的，对两者的领悟也完全相同。

比如听古典音乐，这些流传了几百年的人类艺术瑰宝，浓缩的全是作曲家灵魂中最闪亮的那些部分。古典音乐作品中蕴含着他们的人生阅历、情感、内心所经历的痛苦和幸福，还有他们对这个世界的感悟，听一首经典音乐，就像是读一本名著一样，吸收的可能是作者一生的精华。

以我听古典音乐的经历来看，不要一开始就想去听懂它，理解它，只要打开心灵由着音符带着自己走就好了，走到哪儿就是哪儿。音乐响起就让自己成为音乐的一个部分，脑子里也许会带出一些模糊的影像来，也许什么都没有，也许画面是跳跃的，听完之后也不会有什么心潮起伏。这些都正常，人在刚开始听古典音乐的时候，获得任何感受都是合情合理的，甚至觉得难听也不过分，没有任何对错、好坏、高低之分。

其实这个阶段太像自己懵懂的青春，这个时期的人是不太容易找到与自己共鸣的东西的，年轻意味着连自己也是陌生人。

　　但是随着自己听的古典音乐多了，人放松了，心灵释放得也更自由了，或是某一段旋律契合了自己某一个情感点，音乐带来的画面感就会清晰起来。或许是回忆，或许是大自然的美景，或是脑海里出现自己从未谋面的人物，这些都足以证明自己在欣赏音乐上已经前进一大步。若是再往前走一点点，人就会感受到音乐里的一些细节，甚至于会有连续的情节，会有故事，像看电影那样，人会被感动，甚至于流下眼泪，人生经历累积在内心的一些无法用语言表达的体会，会与音乐的意境产生某些契合，灵魂变得丰富了，能够得到的音乐感受自然也就不一样了。

　　这个阶段比较接近人到中年，心会变得细腻和柔软，人要真正能够欣赏古典音乐，恐怕只能等到中年才算开始。

　　还有一种更高级的境界，在欣赏音乐时，人可以成为作品之中的主人翁，不再让旋律只是路过自己，可以跟随旋律里释放出完整的情绪，情感能够随着韵律的行进起伏变化，甚至能听出自己的或是别人的人生故事，内心可以生长出什么领悟来，灵魂由此而得到升华。

　　这样的音乐欣赏已经把自己与音乐融为一体，代表一个人已经拥有灵性的直觉，可以与一位几百年前的艺术大师交流。

　　不过，这些感觉也只能自己给予自己确认，一万个人听贝多芬的《命运》就会有一万首《命运》。每个人都可以听见自己或是自以为的命运，一个人终有一天会觉悟，自己的人生，根本不需要从别人那里得到肯定和印证。

　　欣赏音乐只能对自己负责，对自己的那颗心灵负责，得到的不过是音乐与灵魂共舞的愉悦。在音乐里，一个人不用迎合别人，也迎合不了任何人，任何感受有就是有，无就是无，这个其实与每一个人自己的人生感受，并没有任何区别。

即使是这样子，还是会有些音乐作品我听得毫无感觉，因为任何人都不可能去复制另一个人的生活经历、情感经历、思想和灵魂，还能去还原作者当时的情绪，所谓的音乐评论家、艺术评论家之类，我一直都认为是胡扯。

我始终以为，不能说自己懂了某种音乐，只能说通过这个作品，自己懂了在欣赏这部作品时的自己。

真正的艺术作品带给欣赏者的，应该还有谦卑。

天堂

若真有天堂

一定没有文字

也不需要语言

我们的心

应该是透明的

这样

所有的人

都共享同一颗心

一直微笑着的心

我们在音乐里

跳最美的舞蹈

我们不用拥抱

再也不感到孤单

　　不同年龄的人，心灵食品是不一样的；不同个性的人，心灵食品也是不一样的。年龄增长，口味也会起变化，即使是喜好音乐的人，也因年龄、个性的差异，喜欢的音乐也会风格迥异，还会有从喜欢到嫌恶的时候。

　　年轻的时候对于音乐的选择是好听，再由岁月来慢慢解释，为什么好听。

　　人们可以以感官发现美，可是诠释美，却需要一生。

　　音乐上的审美力其实就是人生阅历，审美力其实就是对于生命的领悟力。

　　音乐也好，文字也好，绘画也好，走进电影院看一场电影也好，自己给自己认认真真地泡一壶茶也好……所有这些与艺术沾点关系的事情，都该是独自前往的，拿单独的自己与艺术身心相交、调和、碰撞、交配……把所有能做的、喜欢的，都尽量做到持久和彻底。

　　那么这样做可以得到点什么呢？

　　或者，这么文艺究竟有什么好处呢？

　　答案应该是：保护、亲近、发现、滋养、疏理、固化自己的真性情。

　　亲近文艺才是善待自己最好的方式。

一个人的审美力

今天聊一件在我身上变化最大的事，现在的我特别擅长看见美好，轻易就能与大自然、文字、音乐、电影之中的美，产生强烈的共鸣，以至于让热泪盈眶成了家常便饭。刚写完这几句，抬头便看见两天前从山上折回来的梅花，正在花瓶里盯着我笑呢……

"热泪盈眶"在自己身上发生的次数多了，出现在我写的文章里也多了，先摘出几段随笔，来做接下来要写的文字的父母亲。

"这个世界什么都可以调侃，生与死都可以拿来调侃，唯独美好不能，遇见了就会热泪盈眶。"

"笑容指引我们的生命，眼泪也同样，能穿越时空照亮我们的，似乎从来也没有被改变过，还是那些真诚的欢笑，还是那些动情时的热泪盈眶，还是那些无可言喻的、被暂时遗忘的、永恒的欢愉和悲伤。"

"生活会把人推往各种各样的位置，我不喜欢挤在人群里看风景，挣扎无用，要彻底挣脱，要让自己在僻静处热泪盈眶。"

最近看到很多情感文章都在说要"聊得来"，可我更喜欢：不需要聊就可以得来的——倾慕境界。

我们不需要说话，偶尔抬头相视一笑，继续各自美各自的。

最美好的东西，并不在语言里，即使是在最美的风景里，最美的表达仍是：我转过头看见你正和我一样的热泪盈眶。

你们看，"热泪盈眶"四个字已经被我放在了怎样的高度，堪比爱情，我甚至想过要成为这个世上热泪盈眶次数最多的人，这样自己肯定就是这个世界上见过最多美好风景的人。

来到这座大山里，自己热泪盈眶的次数多了，也就不太记得清每一次了，最近的一次是在电视上看第91届奥斯卡颁奖礼，被里面三首电影主题曲感动到三次热泪盈眶，实在是太美了。再往前回忆，眼泪绽放得比较极致的，是看日本著名导演是枝裕和拍的《海街日记》，两天里把这部电影重复看了三遍，每一遍都热泪盈眶。

记得最清楚的，还是到山里来后热泪盈眶的第一次，那应该是四年前了。

深秋，在一个阳光灿烂的清晨开车下山，车在山路上行驶，阳光透过树冠变成瑰丽的光斑在车内上下跳跃，公路两旁的梧桐树是无比盛大的金黄，不时地有树叶飘落下来。缓缓地掠过车顶，路边的芦苇丛像是女子柔美的手指，在风中伸展弹奏着阳光，车内放着张学友深情的颂唱。这带着韵律动感的一切给予我超乎寻常的神圣感，美得如梦似幻，我突然就流泪了，是泪流满面的那种，根本停不下来，然后被自己吓坏了，一是被这么奇怪的眼泪吓坏，二是差一点与对面的来车相撞，还有一次差一点撞上右边的公路护栏，不得不赶紧停下车来，整理有点失控的情绪。

"天啊！我究竟有一个怎样的灵魂？"这是在那一刻我问自己的问题，为什么可以被人们熟视无睹的风景，感动成这样，我真的是在山里住久了，泉水喝多了，与大自然的神灵们息息相通了？我甚至怀疑自己确实有精神疾病。

就是这样，热泪盈眶就这样回归到我的生命，像是重新开了一个头，然后一发不可收拾，但我却没有病，时至今日，我肯定自己越来越正常。

故事讲完，回到我今天想聊的主题上来，既然我越来越能感受到美好的事物，这种能力是怎么得到的？究竟什么是一个人的审美力？

所有美的感受，都是一种与事物发生共鸣之后的美好情绪，一个人的审美力，决定着这个人能与什么样的事物产生关于美的共鸣，而这种共鸣所抵达的高潮，无疑正是无法自抑的热泪盈眶。

我若是凝望一枝红梅的花蕾也可以让自己热泪盈眶，那么，黑格尔的《美学》我之所以看不下去，这就很好解释了，我以为关于美，每一个人只能自己去诠释。

关于审美，我以为"审"的意思是审视自己的灵魂，"审美"的意思是让灵魂尽量去靠近美的情绪，"审美"其实是让自己内在的脉络，在心灵的深处，与美的脉络互相臣服，合二为一。

一个人拥有怎样的内心脉络，就拥有怎样的审美力，审美，不过是一个人看待自己和世界的角度。

既然美表达为一种情绪，就应该有着情绪来去的脉络，并且应该有统领这些脉络的秩序，而这个秩序就是一个人在内心里，关于人生的种种观念和逻辑。

在想要搬进一件新家具之前，人得先行整理腾挪房间，这是生活中的基本逻辑。一个人想要为美好腾挪出共鸣的空间，首先得要审视和整理自己的生命。

我发现任何人经过内心的破碎之后，审美力都会不同程度地得到提升，这也正是源于，所有的人生痛苦都可以对我们的心灵脉络进行耕耘。

因为人生实在是太痛苦了，人才不得不去反省各种痛苦的源头，这样，心灵便长出脉络来，让我们可以逐渐看清楚自己，理解和领悟自己。

被正确领悟的人生经历，之所以称为人生的财富，必须表达为能以美好的视角，去重新看待这个世界。而被误解的人生经历，会变成物质社会的所谓个人竞争力，战斗经验只会让人看见一个弱肉强食的世界。

所有被无视，或是无法转化为审美力的人生经历，被人们冠名为"失去"，于是乎，人们才会把人生理解成不断失去一切的一生。

审美力来源于一个人对自己人生的领悟，一个审美力很差的人，肯定是看不见自己的人，也是不懂得欣赏自己和欣赏这个世界的人。

人类内心的脉络，就像是我们心灵的神经系统。神经系统以脉络遍布我们的身体，对所有的刺激做出最准确的反应，如果说身体上的神经系统最懂我们的身体，那么我们内心的脉络就最懂我们的生命。

一颗平静的心，若没有尘埃，没有紊乱，没有欲望的冲突，只有清晰的灵魂脉络，人就可以看见更多美好的事物。

这座大山让我归于平静，对自己的审视涤荡掉了太多心灵的尘埃，反省让我理解和原谅了自己，纯粹的生命重建了内心的脉络，看见了一切因果的源头，这些都让我敏感得像是一只森林里的松鼠，可以感受到身边每一丝关乎于美好的风吹草动。

人活着的意义，在于对于美的感受以及对于美的创造，我现在把这句话当人生的信念。

一个人内心的脉络决定着他能看见怎样的美好，内心脉络越清晰的人，越能拥有好的审美力，最平凡的事物也会与之产生关于美的共鸣，这是我给予自己现在常常热泪盈眶的诠释。

一个人能看见的最美丽的事物，必须与自己坚信的东西一致，反过来说，凡以信念去看待的事物，才会成为我们生命中最美好的事物，当美好的事物与自己的信念发生重叠之时，没有什么可以阻碍我们热泪盈眶。

我以为，无论是一个人的心灵，还是整个社会，美好才是一切和谐的源头。

审美力才是一个人的竞争力，审美的疲劳，往往让人生变得疲惫不堪，不是世界不够精彩，是自己无法更新自己去感知到这个世界的精彩。

我们若是真要比较谁活得更好的话，就比谁的一生，感受到的美好更多，谁更容易在美面前，热泪盈眶。

被手机预定的人生

我一个朋友拥有一处商业地产，处在繁华的闹市区，长期租给当地一个非常有名的连锁咖啡店品牌，过去十几年生意一直不错，租金也一直上涨。去年老板找她谈判，说是生意一年不如一年，不降租金恐怕难以再经营下去。

这家店我去过几次，紧邻当地最好的大学，又算是一个区域的商业中心，再加上是一个休闲和商务聚会的老品牌，在我的印象中，每天的黄金时间段总是一座难求。

我以为自己对移动互联网正在迅速地改变世界保有着激进的态度，仍然对手机带来的新型社交和商业模式的演变，可以如此之快冲击到这样一家老店感觉吃惊，这比我预料的，至少提前了5到10年。

可一旦联想一下手机对自己加速的改变，再去理解线下商业和传统的社交模式被手机时代迅速地抛弃，就再正常不过了。

在手机上收回自己的指尖是一件非常困难的事，它实在是太便捷了，人们从一个念头到达成行为，一瞬间就做出来了。这应该是人类有史以来的最容易达成的行动力，也必将成为人类最普遍的行为习惯，使用的频率最高，使用的人数最庞大，适用于各种各样的阶层，滑手机从此成为最能代表人类习性的标志性动作。

这无疑是人类最伟大的发明，也是人类指尖最残酷的触摸，这样的触碰必将成为人类文明发展的分水岭，至少人类再也不会感到无聊了，再也没有打发不了的时间，这个实在是伟大得很，智能手机的出现，意味着把人性的弱点，史诗般地放到最大。

既然已经是人类习性的标志性动作，有时候甚至可以连念头都不需要有，只要指尖做出连贯性动作就行，一个紧接着一个点击滑动下去，人性潜在的意识直接帮自己做主，人性所需要的，无论是好的还是坏的，无论是精华还是糟粕，应有尽有，惊喜不断。

不要害怕，滑手机将成为你最主要的习惯，并将成为全世界人民都共同拥有的习惯。

在各种信息上迅速地判断，迅速地打上标鉴，从一个热点点进下一个热点，从一个游戏换到另一个游戏，一天天的时光就这样流逝过去，某一天突然惊醒的我，连砍掉自己手指的念头都有。

一种新的习惯一旦完全形成，替代掉过去的行为习惯就是自然而然的事，习惯是什么？习惯不过就是我们被占领的时间的使用方法。既然约一个地方见面我们仍然各玩各的手机，那么见面就成为鸡肋，逐渐地少见也可，最后不见也罢。

我想，那个咖啡店就是这样子慢慢失去顾客的。

人一辈子所追求的最大存在感，就是获得别人的认同。过去想要获得这些认同，必须要人们面对面才得以实现，一个人有几斤几两，得有真材实料，面对面地卖弄，是容易被人识破的。现在，我把自己最好的一面都通过手机晒给你们看，屏幕上每个人都在投机，人活着的存在感如此易得，就凭一点，也足够颠覆这个世界。

今天，人与人之间最大的差异，以及最大的共同之处在于：你每天拿着手机在做什么。

今天，一个人与手机之间的关系，足以表现出一个人与自己人生之间的关系。

说得更极致一点，过去人们生活的环境是城市，是家，有朋友、电视、电影、书籍，是大自然，是四季的变化。而现在人们的生存环境，已经变成了手机，生存环境的核心部分，已经演变成了手机里面的内容。

人们把最多的业余时间用在手机上，手机里的内容，毫无疑问已经是最重要的生存发展环境。

环境造就人，钢铁一样的事实。手机打造出来的生存环境已经垃圾成堆，这也是铜墙铁壁般的事实。

一个人在手机里面关注的内容是什么，他就成为什么；一个社会，手机里面的热点内容是什么，这个社会就是什么；一个国家，手机里面的主流内容是什么，这个国家就是什么。

夺取手机上的"注意力"，是当今社会的核心商业模式，无良媒体和网络大 V 们汇聚的信息垃圾，正在毫不留情地掠夺人们的生存权利，人类的生命质量，正在被手机屏幕无限下拉的阅读习惯同步变得稀烂。

不过，一个愿打，一个愿挨。能把人们变傻、变愚、变懒，从古至今都是最赚钱的生意。

你手机里预定的内容已经预定了你的一生。

关于手机，我算是真的醒悟了，我怕垃圾，所以也怕给予别人垃圾，自以为自己的所作所为，对得起关注自己的人们。

感官生活的新意·上篇

最近自己很认真地体会了一下纯感官生活，收获颇丰，对于感官享受有了重新的认知。

过去的观念是人不能贪图感官享受，现在我得出完全相反的结论，人们对于自己的感官，实在是太辜负了，人总是会辜负天赋所赐的很多东西。

生活即是感受，感受决定心灵，心灵决定大脑，人们心智的成熟和大脑的发展，如何保持感官的敏感和感觉的丰富才是决定因素。

生活真正的乐趣在于感官的敏感度，看见美好的、听到绝妙的、品到美滋滋的味道、闻到可以入骨的香味、触摸到温暖细腻的事物，以上这些美好感觉，你多久没有体验过了？

人在聆听的时候视线就会变得模糊，在闻到美妙的味道时，会不自禁地闭上眼睛，在专注阅读的时候，世界便失去了声音……

造物主把人的感觉造得这么精致，是不会让感官互相冲突的……

去体验一下自己的感官是怎么分工协作的，去听、去看、去嗅、去触摸、去品尝，看看它们怎样协调一致，带给你怎样的平静和谐，也许可以启迪到你怎样去与自己内在的冲突和解。

感官长期受不到刺激，会让人的感觉能力退化，也会带来大脑某个区域功能上的退化，心智的发展也会因此受到限制。

　　比如感官中的触觉，试一试左手握住右手，然后用大脑去引导自己的触觉，以左手去感受右手，再以右手去感受左手，最初的感受是不清晰的，但是只要多这样做几次，并且重复些日子，你就能感受到明显的区别，大脑的某个部分又被开启了，感觉会因此而变得敏感细腻起来。

　　只是看见一树的叶子，走近树木并去触摸树叶，你对叶子的认知，就有可能瞬间得到改观。看只是决定了形状和颜色的认知，叶子在你的心智里就只有形色，一旦触摸，叶子就变得更加具体起来，给你的感觉是立体的、质感的、有温度的。叶子上有何种纹路，已经长成熟的叶子与新叶有何种不同的柔软度，触摸感会把这些感觉带入你的心灵，你会感觉到它们在滋养你，甚至带着点治愈力，会让心变得更澄明。

　　我领悟到这些之后，专门去阅读了相关科研资料，一些感性上的认知都得到了验证，最近悟出来的很多事情都可以得到科学的印证，这足以证明，智慧与知识、科技是没有太大关联的，不然就不可能有老子、庄子、孔子这样的智者，这是后话。

　　人若是能经常让自己平静下来，专注于感官给自己带来的各种感受，不同的感官刺激，作用于不同的大脑皮层，丰富的感觉可以益智，让人变得更具智慧，绝不是妄语。

　　人们都见过玫瑰花，如果没有专注地嗅过玫瑰花香味的人，当玫瑰花这个词出现在脑海里的时候，玫瑰就只有形色，没有花香。

　　什么是完整的心智？嗅过玫瑰花香的人，想起玫瑰便可以闻到花香，这就是心智。更多更完整的心智就是智慧。

生命之所以可以那么的生动，就在于细节，而生活中的各种细节，是离不开感官体验的。成年人感觉到人生乏味，往往是由于一些细节被感官忽略或是早已被抛弃。

细节来源于平静和专注，成年人身体和心灵分离，内心烦躁不安，早已失去了可以专注于感官感觉的能力。

原来以为麻木的是心灵，现在才知道，最先被忽略的是感官，人们不会对熟悉的环境和事物，以及身边的人打开感官，而人们绝大多数时间都生活在熟悉的环境里，对周围的一切，都失去了主动以感官去感觉的能力。

快节奏的时代，封闭的感官，被抹掉了细节的生活，人生乏味且倦怠，以下这些成语是否已经在生命之中泛滥成灾了呢？

熟视无睹、食之无味、充耳不闻、不闻其香、浑然不觉……

与以上这些词汇相比，最初与恋人指尖的触碰都可以点燃灵魂，怎么现在就再没有感觉了呢？

我认为，人生每时每刻都在时间和空间上旅行，感受不到这一点的人，不过是关闭了自己的感官罢了，非得要依靠改变环境，依靠长途跋涉，依靠所谓的环境的陌生感，感官才能重新被打开，只能对"新"感受到刺激，却无法从"旧"里发现新意。

人们无法拥有一颗新鲜易感的心，不过是心混浊了罢了，无法领悟到旅行其实并非看风景，而是去放空一颗敏感丰盛的心，澄明即是旅行，打开感官即是随时随地的旅行。

正是因为有了感官，人才会觉得自己的生命可以那么的丰富，有云的部分，有花的部分，有流水的部分，有黎明和黄昏的部分，有高潮和低谷的部分，有燃烧和灰烬的部分。

幸运的人从感官到思想，最幸运的人从思想重回感官，以深邃的思想，回归到自然而然的直观感受。

音乐是纯感官的艺术，人们对于音乐的感受是纯粹且顺应于天性的，音乐并不需要以大脑思考的方式才能理解和接受，但音乐对于人们灵性的滋养和心灵的愉悦，以及对大脑的开发，其作用都是明显的。

音乐给人美妙的感官体验，同样可以构成人的精神生活。我想说明并非只有思考或是某种思想，才能创造出精神生活的各种体验。音乐带来的纯感官上的体验，恰恰是让感觉直接透过心灵，让人身心合一，给人精神愉悦的重要因素。

除去音乐之外，智者往往都能抵达其他感官带来的，不用思考的精神生活。

感官生活的新意·下篇

美有两种表达方式，一种是带给人刺激，另一种是唤醒心灵对于美的探索。

前一种美的主体需要持续地自我更新，否则就不再有刺激。

后一种美的主体不用更新，它可以唤醒看见美之人的自我更新。

前一种美往往只作用于感官之上，如美人、美食美味……后一种常常能作用于人的精神生活之上，如大自然、文化和艺术。

我喜欢喝茶，特别喜欢红茶，以滇红茶为最爱。曾经与好多茶友有过很深的交际，认同茶是一种古老的文化，也知道茶界一直有茶艺与茶道之辩。我无意参辩，不过，以感官生活观，完全可以去诠释一下我所理解的茶文化。

心为道，手为艺，"艺者，道之形也"。

泡茶也好，饮茶也罢，过程中都少不了感官的参与，眼、耳、舌、鼻、身，视觉、听觉、嗅觉、味觉、触觉，说心与手的零距离，身心合一自然而然为泡茶之道，便可说感官与心合一为饮茶之道。

泡茶者可为道，饮者也可为道，平静与专注，心之所往也。

茶文化之所以那么讨喜，首先就是把感官享受的美词都占尽了，从茶到茶器；从水到茶水；从环境到茶境；从人到饮茶之人，皆由感官而起，至心而终，人——茶——器——境，自然而然地融合互动，艺之妙也，茶之境也。

无心者为艺，有心者为道，无心者，感官都不曾参与，喝杯茶或是饮一杯白开水，又有何区别。

一杯红茶，杯子灵巧的触感，殷红的视觉，香味沁脾，小酌一口有声，入口甘甜清心，无一不是感官上的享受。

离开了心和感官，文化也好，艺术也罢，皮之不存，毛将焉附。

感悟，领悟，觉悟。感悟由感官而来，领悟由经历、阅历中来，觉悟由感悟和领悟中来。"三悟"皆从美好中来，向美好而去。

美好沉淀下来，或为文化，或为艺术。

人类是通过五官去与这个世界相联系的，这点往往会被成年人所忽视，逐步以大脑中的种种观念或是判断，去取代各种感官。

看、听、嗅、味、触给人以丰富的感觉，这些感觉既是能量，也是滋养，并且是天赐的治愈力，也是保障人健康的重要因素。长期不用，生命必会枯萎。

彼此喜欢之人的身体接触，或拥抱，或是牵手散步，都是很滋润心田的，想必过来人都深有体会，只是不会去经常体会。

痛苦和快乐并不真实，人对于世界最真实的感受，是在感官受到刺激，只感受而不做判断的时候。

感觉

我的五官很爱这个世界，

看到、听到、嗅到、触到、尝到，

都让我愉悦。

我的心没这么爱这个世界，

它从来不让我的五官，

带给我完整的感觉。

不是嫌弃这个，

就会嫌弃那个。

不仅会对"不好"产生厌恶，

还会对曾经的"好"生出厌倦。

时不时还会关闭掉我的感官，
让我失去活着的感觉。

真正的闲暇，是大脑的闲暇，你没有必须要有的思考，没有残留在大脑中的昨天、今天、明天的恐惧和担忧，全身心都敏感着，大脑却是空的，所有的感官都敞开着感受一切，空气中流淌着每一个细腻的瞬间，这才是生命最极致、最伟大的闲暇。

其实，这就是旅行的心境。

当人们看见很美的风景的时候，容易专注地去看，感官会被美完整地吸引，失去思考，看的时间持续得比较长，人会被震撼到。这时只有美的存在，风景的存在，"我"并不存在，"我"与美融为一体，变成一种更大的存在。

这其实是生命的一种真相，日常生活同样可以抵达这样的真相，如果你可以专注于自己的感官，去看，去听，去触摸，去感觉，轻易就可以发现生活中被忽略掉的美好。

真正在看一件事物的时候，大脑是不思考的，一思考就看不见了。如果可以不思考保持住自己在看，这时候是眼睛在带动大脑，带给大脑视觉，思考着看相反，是大脑在指挥眼睛。前一种看见是非常养心、滋养灵性的，而后一种看见往往存在偏见。前一种看久了，让人愉悦，后一种看得再多也无感，我视其为"没看见"。

我越来越发现人太不了解自己了，连自己的感官——视觉、听觉、嗅觉、触觉、味觉，是怎么在运行的，怎么才能让自己感觉更丰富都不知道。

听觉、嗅觉、触觉、味觉也都是这种运行方式，人在思考的时候，吃下的东西是什么味道是不知道的。

人喜欢以思考中断感官的感觉，我们以为自己已经看到了，听见了，其实从来没有看全面过，听完整过。

大脑也没有我们以为的那样好使。听和看得交替着进行，并不能同时听又同时看；如果眺望远方，你就听不到；如果听远方传来的声音，你就看不见；如果想深入地闻到某种味道，你就会闭上眼睛和耳朵；想要感受触摸或是被抚摸感，最好是闭上眼睛……

大脑每次只能指挥一种感官的专注，我们却总想让自己，专注于更多的事物。

我们平时所说的"美"都是感官天生的偏好，美景、美食、美人、美妙的音乐。

还有一种美好，感官是感觉不到的，得依托人的心灵，我叫它"美的意象化存在"，无法具体，又确实存在，万物都具备。

像是种"是它又不全是它"的心灵觉察，无法被叙述和描绘，只是一种境，没有界。

人与人之间，人与万物之间，就依托着这种美好，彼此深深地联系起来。

如果可以经常打开感官，触及更丰富的感觉，促进大脑更深更广的拓展，增长自己的灵性，我总认为，灵性真正被开启者，应该可以感受到普通人无法感受到的更多的事物，我很希望自己能拥有这样的体验。

生活的归属感

从前有一座山，山里有一个庙，庙里的和尚正在讲故事，讲的什么故事呢？讲的是"从前有一座山，山里有一个庙，庙里的和尚正在讲故事，讲的什么故事呢"，从前有一座山……

这是我小时候听过的，现在仍记得最完整的故事，也是我现在唯一能讲完整的故事。

它的精髓在于简单和重复，过去只当是老人懒得给孩子讲故事而耍的滑头，现在却感觉到这个故事更像是生活本身，不知道第一个讲出来的是谁，充满了禅意和智慧。人们一不小心便活进了这样的故事里，上半生培养自己的各种生活习惯，下半生便一直活在习惯和重复里，不知不觉，习惯成了挡都挡不住的人生归宿。

我更愿意让这个故事中的每座山都不是同一座山，庙不是同一个庙，和尚不是同一个和尚，故事并非同样的故事。

我更愿意在重复的习惯里，遇见永不重复的美好。

人生若真困在这样重复的故事里，确实是种悲哀的事。

"困"的意思，大概是心想睡了，明天必须又是新的一天，却一直都睡不着。人们会困于心，困于情，困于梦想和现实，困于生活的单调和重复，困于诗和远方，困于人生的来路和归途。

人的一生都在期待发生点什么新鲜事，以新旧的更替，带自己走出乏味生活的困顿感，为此，人们这才有了各种生活的目标。

其实，人生目标仍然是人们的一大误区，一个人真正的目标是成就自己，人们却看不见自己，只能通过设定各种目标，来看见因为目标的更替而获得更新的自己。

人应该去探索一下自己的那些追求，那些辛苦的付出，最终的表现是什么，带给自己的强烈感受究竟是些什么，内心的收获是些什么，搞清楚这些，人要去理解自己，也就容易多了。

比如"希望"这个词的最终表达，其实终极目标就是遇见了新的自己，每一种希望的达成，本质上不过是一种新自己的达成，不过是一种新感觉、新体验的达成。人们最痛恨的就是"每天都是重复的一天"，人类所有高大上的追求或者是低俗的欲望，本质上都是为了不断更新自己活着的体验，以丰富的人生经历换取一颗丰盛的内心。

人们在期待一件新事物到来的时候，注意力会全部放在目标的进程上而非自己内心的感受上，这就是人们口中常说的"为了某种目标而努力奋斗"。

当初看起来充满诱惑的各种目标，即使达成后，给予人的新鲜感也不能维持多久，人们在这样的目的地只做短暂的停留，又马不停蹄地给自己设定新的目标，"新"越来越容易变"旧"。人们既无法更新自己内心的感受，也无法把自己的关注点放在过程上，把心停留在当下的感受上，这会造成一个人对身外新事物的追逐根本停不下来，否则就会觉得厌倦。

人们若是过度依赖于外在的新鲜事物，依赖外部生活条件和环境的改变，刺激自己营造出正面的情绪，以此去感受生活的乐趣，也自然会因为外部条件的刺激，带来负面情绪而觉得生活很艰辛很无奈，也会因为外部环境的无法改善，甚至所谓的事业失败，带给自己对生命的厌倦之感。

这样的依赖最大的问题在于会遇见重复的自己，外在环境和生活条件虽然改善了，但自己仍然是旧的，身外事物带来的新鲜感总是转瞬即逝。

真正的历久弥新是由内及外的，人必须得做自己的内心的主，去发现那种没有喜欢对象的、更为本质的喜欢，自己创造出喜欢的自己，这才是人生真正的乐趣所在。

我们说艺术家创作出了好的作品，也可以换一种视角去理解，艺术的本质首先是艺术家创造了一个喜欢的自己，艺术作品不过是这些自我创造的代表物。对于一位真正的艺术家来说，作品价值所带来的外部生活条件的更新，肯定没有自我的更新更为重要，这正是一位艺术家可以比普通人看见更多美好事物的原因，新的自己正是艺术家的灵感和创造力。

对于普通人来说，人们只知道必须要通过努力去奋斗，才能拥有物质条件创造出的所谓新生活、新感觉，却不知若是可以审视和利用自己的人生经历，从精神层面去认识自己、改变自己和创新自己，仍可以改变自己对于生活的体验，仍可以带来满世界的新鲜感。

一个人若是刚住进自己购买的新房子，表面上看是新房会带给人新的感觉，其实是新房子会让人感觉自己是新鲜的，这样新鲜的自己，即使不在新家里面，仍可以感受到自己触碰到了一个全新的世界，不过这样的新鲜感不可能持久，因为还有更大的房子，还有别墅和庄园。

人若是可以平静下来，便可以发现生活的本质不过是一场场心理运动和心灵游戏，传统的玩家们已经不堪重负，为什么不换一种玩的方式？

这样做的好处是，一个人可以不需要像多数人那样一生都在忙碌和奋斗，仍然可以过得很幸福。

我以为：挣钱买闲，以闲赎魂。

人生的精髓，就在于去发现可以一直偷懒的方式，既可以偷得很轻松、自在和幸福的生活，又还能偷得自己好有成就感，那么这个懒就可以一直偷下去。

所以，人想过好一生，想保持住自己的生命力和热情，时不时让自己绽放一下，要么让生活的外部环境，得到不断的改善和变化，要么让精神生活，不断地更新升华，不过，这两者都不容易。

不同的是，外部的生活并不是那么容易控制，人也容易迷失方向，某些无常的人生插曲，会滋生出生活的混乱，甚至给人带来崩溃。而精神生活一旦找到方向和归属感，人就不会再度迷失。

人这一辈子，真正可以享受的，不过是自己生命的新鲜感罢了，新事物、新环境、新的爱人、新的观念，深刻的思想，伟大的理想，不过是让人能触碰到这种新鲜生命的各种媒介。

真理其实非常朴实和简单，人类非得要历经各种复杂，才能看见这些简单易行的真理。

人要爱上自己，为此而爱了好多的人，人无法更新自己，才把一生的厌倦怪罪于生活和别人。

每天都是新鲜的一天，这是多么奢华的感觉，就像是看见春天里满树的新芽，对，活着最需要的就是这样的感觉，这才是生活的归宿感。

愿生有去处，心有归途

从哪里来，到哪里去？

佛说：从来处来，向去处去。

我不信任何宗教，但我信大自然，到目前为止，大自然为我解答了所有的人生困惑。

我家背后的大山里有近万亩珍贵的柳杉森林，传说这种树制造出来的负离子是其他树种的 1.5 倍，反正就是对身体特别得有益。

长期在森林里漫步，渐渐就弄明白了为什么同样的柳杉树种，会长得形态差异。

但凡生长得很浓密的柳杉森林，在树间的距离很近的地方，所有的柳杉的树干都是笔直的，并且粗长的树干没有任何枝丫和叶子，只有最高处不大的树冠枝叶茂盛，这些树几乎都长成同样的模样，一是因为树太浓密所以可以共同抵御风雨雷电；二是因为长得太过密集，只有树顶才可以遇见阳光，所以这些大树只有树顶才长有枝叶，柳杉真是没有一丝一毫的矫情，长期见不到阳光的枝叶就是累赘，必须死掉，于是这些树像是撑着长杆子的雨伞，在形态上树冠与树干的比例严重失衡。

同样是柳杉树，在开阔地却长成完全不同的模样，树干上的枝叶丰满圆润，一棵树会长成标准的圆锥形态。

而在密集森林的边缘地带，常常可以见到只有一面树干长有枝叶的柳杉树，形态显得非常怪异，像一个千手观音，只有一边的身体长出了无数的手臂，另一边的身体却空空荡荡，这不过是因为这些树只有长出枝条的这一面，才可以见到阳光。

树都长成了阳光的模样，它们承载了多少阳光，都以枝叶来给自己解释和说明，没一枝一叶的谎言。

植物们相信阳光、泥土和水分，它们便长成阳光、泥土和水的模样。一个人的内心相信什么，这个"什么"便决定着这个人的模样。

上帝、神灵、佛这些概念，可以理解为人们心中的"相信"，算是人性中比较高级的部分。若是一个人心里什么都不相信，连自己也不信，便失去了作为一个高级动物的存在感。人活着需要一个信念来定义自己，就像是任何建筑都需要有地基，没有这个"信"字，人无法给自己一个清楚的诠释和交代。

一个人想要知道自己的生命究竟长成什么模样，就终究逃不过要面对自己，为自己解释诸如"我从哪里来，要到哪里去？""我是谁？"这样的问题，人活着就需要有价值观，人要活得好就需要有归属感。

人需要向自己表白，与自己对话，自己给自己的行为做出诠释，对自己的存在进行解读。人一生都在做这样的事情，离开了这样的自我对话，人就无法感受到自己活着，这就是人类精神生活的全部内容，这就是一个人内在模样可以呈现出来的全部事实。

每个人虽然都活得并不真实，但自己内心对于自己的解释，却句句话都实在，并且每一种诠释，对自己人生的影响力都非凡。一个人关于自己人生的诠释是什么，人的境界就是什么，等到了人生的尽头，再选一句最重要的，留给即将闭上眼睛的自己。

每个人的一生，其实都可以用一句话去诠释，才会有墓志铭这样的好词儿。

所谓的人生意义、人生价值、人生归宿等，这些词的所有表达语境，都不是给别人看的，都是人拿来给自己的生命长成什么模样做诠释的，有就有，没有就没有，人一旦真有，就像那些树，阳光塑造出它们完全不同的生命模样。

人自己决定自己所站立的位置，一个人若是可以给予自己一个完整的解释，就像是一棵树，阳光可以从四面八方照过来，这就是圆满。

"愿生有去处，心有归途"，这样的标题我现在写起来甚是轻松和愉悦，但是对于多数人，恐怕是沉重的，这个时代人们正在经历情感归宿和精神归宿双重的迷惑，很少有真正找到人生价值感的人。

其实，人生哪有什么真正意义上的归宿，有的不过是一些像是人生归宿的感觉；人生哪有什么真正的意义，有的也不过是像是人生意义的感觉。正是如此，人要得到归属感的关键，就在于让那些像归宿的感觉，更像是归宿一些，就在于去相信自己的感觉，把感觉上升到人生信念的高度。

没有信念的人，是找不到人生价值感的，同样也难找到人生的归属感，人生不过是一场又一场盛大的感觉，不去坚信某种感觉，又何来的价值感和归属感。

所以呢，一个人真实的人生信念，不必理解得过于高大上了，也并非是很理性、很科学、很系统的东西，信念本就是朴实无华的，信念不过就是一个人去相信了自己的人生感觉。

人类的理性无法彻底穿透对于事物的感觉，信念超越一切理性和感性，在人性的最高处。

我这样说也许已经逆天了，信念如此高尚的事物，被我诠释成一种被人坚信的感觉，哲学家们可以跳出来骂我了，各种思想家也可以来骂，别忘了，还有道德家。可是，信念在人生的事实之中，它就是一种被自己相信的感觉，虽然抽象，却处处表现为事实。所谓的有信念的人，就是把某种感觉当了人生信条的人，并让这种感觉成了生命的核心，让人生的其他感觉，都臣服于这种感觉之下。

我现在把"每天都是新的一天"当人生信念，让所有的人生感觉，都来服从这一核心的感觉，这正是这座大山，是大自然一棵棵树木教会我的。

阳光、泥土和水，是一棵树最朴实的信念，作为一棵树，它每天都是全新的，每时每刻都在创造一个全新的自我。

我在向一棵树学习，学它在黑暗中的部分，在阳光下的部分，在四季轮回里的部分，在身体内流淌着的部分……学习它的过去、现在和将来，树的过去长在枝叶上，树的将来长在根系上，学习一棵树，把自己的一切都奉献给新鲜无比的现在。

感受到自我的变化，感受到每一天都是新的，这是一个人最高境界的成熟，这样的人，对于自己的生命以及这个世界，不会产生丝毫的厌倦，这是一种不会枯竭的、强悍的生命力，意味着这样的人可以不断地创造自己。

我愿意相信，这些其实是最朴实无华的东西，森林里每一棵树，都给予我这种朴实无华又非同寻常的感觉。人所能看见的对象，其实与自己是同一样东西。

"每天都是新的一天"是一种最彻底的求真，新鲜感是不会骗人的；喜欢的感觉是不会骗人的；美好的心情是不会骗人的；热泪盈眶的感动是不会骗人的，有就是有，没有就是没有。

　　"每天都是新的一天"是让自己的习惯，逐渐与自己的感觉相符合，因为多数的感觉都无法言说，文字和语言都无法抵达，但这些感觉却真实地存在。

　　"每天都是新的一天"就是没有现存的自己，只有不断创造的自己，没有旧的自己，只有正在被创造出来的自己。

　　"每天都是新的一天"才是生命的本质，是一个生命最大的自由，精神生活虽然不可见，却处处存在，遵循的仍然是自然而然的法则。领悟到这一点，便领悟了一切。

　　"每天都是新的一天"就是在有限的生命中，发现其中存在无限的感觉，找到像是归宿的感觉。

　　人的行为能力是有限的，感受能力却无限，行动永远没有彻底的时候，总也抵达不了自己想要的火候，而人生的感受却能让人酣畅淋漓。

　　人要行动，但需要的是打开一切感觉的行动，敞开内心感受的行动。

　　真正"富有"的感受是让自己随时随地都活在收获的感觉里，而非活在付出的感觉里，人若是能让自己活在"每天都是新的一天"的感受里，没有比这个更大的人生收获。

　　过去的被领悟，现在的被感知，将来的每天都是新的，愿生有去处，心有归途。

　　所有的生命，都应该被祝福。